맥베스

한국셰익스피어학회 작품총서 030

맥베스
Macbeth

윌리엄 셰익스피어 지음
김해룡 옮김

도서출판 ┃동인

발간사

지금까지 셰익스피어 작품에 대한 번역은 끊임없이 다양한 동기에 의해 진행되어 왔다. 초창기 셰익스피어 작품 번역은 일본어 번역을 우리말로 옮기는 작업이었다. 일본이 서구에 대한 수용을 활발한 번역을 통해서 시도하였기 때문에 일본어를 공부한 한국 학자들이 번역을 하는데 용이했던 까닭이었다. 하지만 이 경우는 문학적인 차원에서 서구 문학의 상징적 존재인 셰익스피어를 문학적으로 소개하는 것이 목적이어서 문어체를 바탕으로 문장의 내포된 의미를 부연하게 되어 매우 복잡하고 부자연스러운 번역이 주조를 이루었던 것이 문제가 되었다.

그 다음 세대로서 영어에 능숙한 학자들이나 번역가들이 셰익스피어 번역에 참여하게 되었다. 셰익스피어 작품에 대한 수많은 주(note)를 참조하여 문학적 이해와 해석을 곁들인 번역은 작품의 깊이를 파악하는데 많은 도움이 되었다고 볼 수 있다. 하지만 셰익스피어 작품을 무대에 올리는 배우들에게는 또 다른 문제가 생길 수밖에 없었다. 문학적 해석을 번역에 수용하는 문장은 구어체적인 생동감을 느낄 수 없었고, 호흡이 너무 길어 배우가 대사로 처리하기에 부적합하였다.

이런 문제점을 해결하기 위해서 번역가마다 각자 특별한 효과를 내도록 원서에서 느낄 수 있는 운율적 실험을 실시하기도 하였다. 그런 시도는 셰익스피어 번역에 새로운 분위기를 자아내었을 뿐 아니라 다양한 번역이 이루어져 나름의 의미가 있었다고 본다. 반면에 우리말을 영어식의 운율에 맞추는 식의 인위적 효과를 위해서 실험하는 것은 배우들이 대사 처리하기에 또 다른 부자연성을 느끼게 하였다.

한국에서 셰익스피어를 연구하는 학자들이 모이는 한국셰익스피어학회에서 셰익스피어 탄생 450주년을 기념하여 셰익스피어 전작에 대한 새로운 번역을 시도하기로 하였다. 우선 이번 번역은 셰익스피어 원서를 수준 높게 이해하는 학자들이 배우들의 무대 언어에 알맞은 번역을 한다는 점에서 차별성을 두고자 한다. 또한 신세대 학자들이 대거 참여하여 우리말을 현대적 감각에 맞게 구사하여 번역을 하자는 원칙을 정하였다.

시대가 바뀔 때마다 독자들의 언어가 달라지고 이에 부응하는 번역이 나와야 한다고 본다. 무대 위의 배우들과 현대 독자들의 언어감각에 맞는 번역이란 두 마리 토끼를 잡는 것은 그리 쉬운 일은 아니지만 매우 의미 있는 일일 것이다. 이번 한국 셰익스피어 학회가 공인하는 셰익스피어 전작 번역이 성공적으로 이루어지도록 뒷받침하는 도서출판 동인의 이성모 사장에게 심심한 감사의 뜻을 전하며 인문학 부재의 시대에 새로운 인문학의 부활을 이루어내는 계기가 되리라 믿는다.

2014년 3월
한국셰익스피어학회 17대 회장 박정근

옮긴이의 글

오랜 세월 대학 강단에서 셰익스피어를 강의하며 매 학기마다 강의계획서의 교과목표 난에 필자는 변함없이 이렇게 적어 놓았다. '셰익스피어의 극작품 독해와 해석을 통해 학생들로 하여금 인간 정신의 비밀스러운 영역을 경험하도록 함. 영국 중세기 역사를 개관하며 극작품 속에 숨겨져 있는 당대의 사회, 역사, 정치, 종교적 시대상황을 조명함. 셰익스피어 당대의 무대상황을 주지시킴.' 매 학기마다 달라질 것 없고, 더 그럴 듯하게 꾸미기도 부질없어 보여 그냥 유지해 온 교과목표이다. 그러나 매학기 강의를 거듭할수록 텍스트가 드러내는 '인간 정신의 비밀스러운 영역'이 전 방위로, 그리고 심층적으로 확대되는 신비를 학생들에게 전달하느라 필자의 목은 잠기고 시간은 부족하기만 하다. 연극을 연극으로 가르치려고 필자는 극중 인물의 역을 재연하는 배우도 되고 연출자가 되기도 한다. 강의를 하며 더러 필자의 몸짓 하나, 정서가 제대로 밴 목소리 하나로 긴 설명을 대신할 수 있었을 때 학생들이 뱉은 탄성은 소중한 기억으로 남아 있다. 다양한 배경을 지닌 학생들이 수강을 해 반응이 다 호의적이지는 않았다. 서양문학에 대한 이질감으로 인해 작품의 이해에 장애를 느끼는 학생들도 있다. 이들을 위한 처방전을 알고는 있다. 실연해 내기가 난망(難望)이라 애만 태울 뿐이다. 그 처방전은 이러하다. 앞의 '교육목표'를 실현하며 더불어 '연극을 더 연극적으로 가르치고 보여줄 것. 학생들에게 등장인물의 감정을 실어 대사를 뱉게 할 것. 강의실은 학생들의 상상력에 의해 극장으로 바뀌어 있을 것. 객석의 반응과 호흡은 덤으로 오는 위대한 각주임을 주지시킬 것!'

　　강의와 병행하느라 일 년 가까이 힘겹게 매달려 겨우 번역 작업을 마쳤다. 번역 사고(事故) 작품의 목록에 오른 『맥베스』의 번역 작업을, 다른 역자들보다 2-3년 늦게, 막차로 수락할 때만 해도 오랫동안 강의를 해 온 작품이라 작업이 용이할 줄 생각했다. 그래서 이미 출판된 다른 번역본의 어색한 어투와 정밀하지 못한 부분을 지적해 내기도 했다. 그러나 정작 필자가 작업을 시작하는 순간, 사정이 달라졌다. 시행의 원문 소리 리듬에 맞는 우리 말 운율을 고르는 일은 말할 것 없고, 원본의 행의 길이에 맞추어 우리말의 어휘수를 조정하는 일도 만만찮은 일이었다. 각주가 붙지 않으면 결코 정확한 의미가 전달될 수 없는 어휘나 문장에 맞닥뜨리면 작업은 한없이 지연되곤 했다. 각주 없이도 의미가 전달되어야 좋은 번역으로 인정되는 기준이 뇌리에 박혀 있었기 때문이고, 의미 파악의 수월성을 내세워 부득불 원본의 어휘 수보다 많은 우리 말 어휘를 끼워 넣을 때도 고민은 마찬가지였다. 기존의 번역자들의 노고와 고투를 실감했고 그들의 업적 덕분에 이만큼의 번역물이 나온 것으로 믿고 있다. 이덕수 교수의 『맥베스』 영한(英韓) 대역본 각주에는 여러 원본 편집본들과 고전 비평 문헌들로부터 수집한 요긴한 인용문들이 정리되어 있어 필자가 자료를 수집하느라 써야했을 시간과 노력을 절약할 수 있었다. 기존의 번역서들이 선점(先占)한 대체불가능한 몇몇 우리말 어휘나 표현은 부득불 원용했음을 밝힌다. 각주는 '기본적인 비평과 정보를 제공하는' 고전적인 것들로 한정했다. 한정된 지면에 셰익스피어 당대의 시대정신과 감각을 전할 수 있는 정보들이 현대적이고 의미 전복(顚覆)적인 정보들보다 더 요긴할 것으로 판단했기 때문이다.

번역 작업에는 아든(Arden) 셰익스피어 시리즈 3판을 텍스트로 썼으며, 리버사이드(Riverside) 셰익스피어 전집, 킷트릿지(Kittredge) 전집, 펭귄 클래식(Penguin Classics)판 등의 주석들을 두루 참조하였다. 연극을 연극 말, 혹은 구어체로 번역하는 것은 너무나 당연한 일이지만 정확한 의미전달을 위해 말보다 문장에 가까운 번역도 부득불 섞었다. 따라서 필자가 구사한 구어체가 실재 배우들의 실연에서 얼마나 그 적확성을 인정받을지는 미지수이다.

많은 번역본이 이미 존재하고 있음에도 필자의 작업으로 또 한 편의 『맥베스』 번역본이 생겨나게 되었다. 차별화를 생각하지 않을 수 없어 필자가 고심한 부분이 각주 붙이기이다. 이것들 없이는 그만큼 이해에 괴리가 생길 것으로 판단되는 고전적인 각주들만 엄선했다. 각주에 별도의 원전(原典) 약어가 표시되지 않은 것은 역자의 것이거나 독해를 돕기 위한 상식적인 것들이다. 필자는 가독성(可讀性) 재고(再考)라는 논리로 각주를 군더더기 취급하는 일부 학계의 풍조에 동의할 수 없다. 은유와 상징에 대한 이해, 문화와 시대정신, 인간 정신에 대한 이해, 그리고 연극 외적인 온갖 사회, 정치적 지식이 필요한 셰익스피어 읽기의 경우 더욱 그러하다. 텍스트에 대한 이해의 폭과 깊이는 가치 있는 각주 읽기와 전적으로 연동되어 있기 때문이다. 권위 있는 셰익스피어 원본들에는 예외 없이 각주들이 극 내용보다 그 양이 두 세배 많다. 그 각주들이 셰익스피어 시대의 시대정신을 담고 있는 보고(寶庫)임을 간과해서는 안 될 일이다.

이번 한국셰익스피어 학회의 셰익스피어 전 작품 번역 기획의 취지가 학문적 텍스트를 겸해 공연극본으로도 쓰일 수 있는 새로운 번역물을 지향하고 있어도 각주에 대한 한 달라질 것이 없다. 연극배우들이 행간에 숨어 있거나 대사에 드러나지 않은 다양한 의미에 대한 이해 없이 연기를 해도 되는 것은 아닐 것이기 때문이다. 덧붙여, 유용한 각주들은 배우들의 감정의 동선(動線)을 결정하는 데 영향력을 발휘하기 마련이다. 무엇보다도 셰익스피어 연구자들은 누구나 각주의 효용가치를 알고 있으며, 각주들이 원전을 원전답게, 그만큼 풍성하게 원전을 전달한다는 사실을 부인하지 않는다.

필자의 제자 이실헌 군에게 감사의 말을 전한다. 이 제자는 필자가 육필로 쓴 원고의 워드 작업은 물론, 원고 교열 및 수정 작업 등 힘든 일을 도맡아 해주었다. 이 조력이 없었다면 이 책의 출판은 한참 더 미루어졌을 것이다. 나의 셰익스피어 강의를 들었거나 듣는 학생들에게 고마운 마음을 전한다. 호기심이 발동하여 이 과목을 선택한 것만도 대견한 일이다. 사전 지식 없이 수강신청을 한 학생들이 강의와 토론이 거듭됨에 따라 점점 변해갔다. 인간에 대해 새로 인지(認知)하게 된 것들에 대해 감탄도 표하고 절망감도 드러냈다. 나는 "인간이란 얼마나 위대한 걸작품인가"(『햄릿』 2.2.303)와, "인생은 한낱 걸어 다니는 그림자일 뿐"(『맥베스』 5.5.24)이라는 외침이 인간의 실존적 양면성의 기표로 그들의 의식 한 구석에 새겨 졌으리라 믿는다. 불투명한 미래로 내몰리더라도 인물들의 이 외침으로부터 그들이 삶의 영감을 얻을 것임도 믿는다. 일반 독자들도 마찬가지였으면 좋겠다.

부디 새롭게 기획된 셰익스피어 전 작품 번역 사업이 셰익스피어의 대중화와 연극공연 활성화에 기여하기를 바라 마지않는다.

2016년 10월
김해룡

• 중요 약어(略語)

A: E. A. Abbott, *A Shakespearean Grammar* (1966)

Barker: H. Granville-Barker, *Prefaces to Shakespeare*, 6 (1974)

Bradley: A. C. Bradley, *Shakespearean Tragedy* (1971)

C: James L. Calderwood, *If It Were Done: Macbeth and Tragic Action* (1986)

Coleridge: Samuel Taylor Coleridge, *Shakespearean Criticism* (2008)

E: D. R. Elloway, ed. *Macbeth: The Macmillan Shakespeare* (1985)

EV: G. Blackmore Evans, ed. *The Riverside Shakespeare* (1974)

H: Alfred Harbage, ed. *Macbeth, Complete Pelican Shakespeare: The Tragedies* (1981)

HU: G.K. Hunter, ed. *Macbeth: New Penguin Shakespeare* (1967)

K: Irving Ribner and George L. Kittredge, eds. *The Complete Works of Shakespeare* (1971)

Knight: Wilson Knight, *The Wheel of Fire* (1949)

L: Sidney Lamb, ed. *Macbeth: Complete Study Edition* (1966)

M: Kenneth Muir, ed. *Macbeth: The Arden Shakespeare* (1998)

O: C. T. Onions, *A Shakespeare Glossary*, 2nd ed. (1977)

S: Alexander Schmidt, *Lexicon and Quotation Dictionary* (1971)

STC: Samuel Taylor Coleridge, *Shakespearean Criticism* (2008)

W: John Dover Wilson, *Macbeth: The New Shakespeare* (1947)

| 차례 |

발간사　　　5
옮긴이의 글　　　7

등장인물　　　14

1막　　　15
2막　　　53
3막　　　83
4막　　　115
5막　　　149

작품설명　　　177
셰익스피어 생애 및 작품 연보　　　218

등장인물

장면: 스코틀랜드와 (4막 3장에서는) 잉글랜드

던컨	스코틀랜드의 왕
맬컴	왕자
도널베인	
맥베스	스코틀랜드의 장군
뱅코우	
맥더프	
레녹스	
로스	
맨티스	스코틀랜드의 귀족
앵거스	
케이스네스	
프리언스	뱅코우의 아들
시워드	노섬버런드 백작, 영국군 사령관
젊은 시워드	그의 아들
시튼	맥베스를 섬기는 장교
소년(아들)	맥더프의 아들
영국인 의사	
스코틀랜드인 의사	
사관	
문지기	
노인	
맥베스 부인	
맥더프 부인	
시녀	맥베스 부인을 섬김
[헤커티]	
마녀 셋	
귀족들, 신사들, 장교들, 병사들, 자객들, 시종들	
그리고 사자들	
뱅코우의 유령과 다른 환영들	

1막

1장

[광야]

천둥과 번개. 세 마녀 등장.

마녀 1 우리 셋 언제 다시 만날까?

천둥 칠 때, 번개 칠 때, 아니면 비 올 때?

마녀 2 난리 소동 전쟁 끝날 때,

전쟁 승패 판가름 날 때.

5 **마녀 3** 그땐 해지기 전일 것이야.

마녀 1 장소는 어디로?

마녀 2   황야 위로.

마녀 3 거기서 맥베스를 만나자.

마녀 1 그래 간다, 회색 고양이야!¹

마녀 2 두꺼비도 날 불러.

10 **마녀 3** 간다니까!

모두   아름다운 것은 추한 것, 추한 것은 아름다운 것.²

---

1. Graymalkin. 마녀나 마법사들이 부리는 악귀, 혹은 수행하는 정령. 이 초자연적 존재들은 고양이나 두꺼비의 외양을 취하는 것으로 알려져 왔다. 이들은 섬기는 주인들, 즉 세 마녀들이 시키는 사악한 심부름을 주로 하지만 이 장면에서는 마녀들이 떠날 시간을 알리도록 지시 받았다. malkin은 Mary의 애칭. 이 장면에서는 고양이와 두꺼비 소리가 음향으로 들려야 할 것.

안개와 탁한 공기를 타고 날자꾸나.   [퇴장.]

---

2. 이 극의 주요 주제 중 하나인 '가치의 전도'(The reversal of values)를 표방하는 서곡
(Knights). 에드워드 스펜서(Edward Spenser)의 『선녀여왕』(*Faerie Queen*), IV.viii.
32에 언급되어 있는 속담적 성격의 문구 "The fair grew foul, and foul grew fair in
sight"가 원형. 데이튼(Deighton)은 이 구절을 아래와 같이 이해한다. "…우리에게
추한 것이 다른 자에게는 아름다운 것, 우리에게 아름다운 것이 다른 자에게는 추한
것. 우리는 다른 존재들에게 혐오스러운 모든 것을 기뻐하니, 안개와 탁한 공기 속
을 날아다니는 쾌락을 누리자꾸나."

2장

[포레스 근방의 진영.]

전쟁 나팔소리.[3] 던컨 왕, 맬컴, 도널베인, 레녹스,
시종들과 함께 등장하며 피 흘리는 사관(士官) 한 명과 만난다.

던컨　유혈 낭자한 저자가 누구인가? 외모로 보아
　　　저자가 반란군의 근황을 보고할
　　　수 있을 듯하오.

맬컴　　　　　　　이자가 바로
　　　소자가 포로 되었을 때 진정한 무사답게 싸워 소자를
5　　구해준 그 사관[4]이옵니다. ─잘 왔네, 용감한 친구!
　　　그대가 전선을 떠날 때의 상황을
　　　전하께 아뢰도록 하라.

사관　　　　　　　예측불허의 상황이었나이다.

---

3. 전쟁 나팔소리와 더불어 등장하는 이 병사는 마녀들로 채워졌던 1장의 초자연적인
　무대가 전쟁 중인 현실세계로 바뀌는 연결고리이다. 그러나 이 병사는 마녀들이 뱉었
　던 "난리전쟁"(hurlyburly) 중에 빠져나왔고 그가 묘사하는 전투장면은 마녀들로 대
　변되는 혼돈의 한 장면을 강조하고 있어 인물들이 마녀들의 주술에 걸린 양상이다.
4. Sergeant. 셰익스피어가 홀린셰드(Raphael Holinshed)의 『연대기』(*Chronicles*)에서 차
　용한 어휘. 이 『연대기』에서는 던컨 왕이 반역의 우두머리들로 하여금 왕을 알현하
　고 반역의 이유를 고하라고 이 사관을 반란군 진영에 보내는데 반란군들이 이 사관
　을 죽인다.

마치 기진맥진해 헤엄치는 두 사람이 서로 엉겨 붙어
서로가 헤엄을 못 치게 하는 형상이었나이다. 저 잔악한 맥돈월드는
(과연 역적답게, 마치 해충들이 들끓듯   10
인간의 악이란 악을 다 그 몸에
지니고 있는바) 서해의 섬들로부터
민병과 중무장한 기병의 지원을 받았으며,
운명의 여신⁵도 이 역적으로 인한 시신더미에 미소를 지으며,
역적의 매춘부인 양 행세를 했나이다. 허나 그 모두가 오합지졸,   15
용맹무쌍한 맥베스 장군은 (그 명성에 손색없이)
운명의 여신을 경멸하고, 피비린내 나는 응징으로 인해
김을 뿜어내는 검을 휘두르며
마치 용맹의 신의 총아답게, 적진을 뚫고 들어가
기어이 역적과 마주서게 되었나이다.   20
그러자 그놈을 놓아주려고도 않고, 작별인사도 없이,
장군께서는 그 역적 놈을 배꼽으로부터 턱까지 한칼에 베어
그 머리를 성벽에 걸어 놓았나이다.

던컨   오, 용맹스러운 사촌! 훌륭한 영주로다!

사관   하오나 태양이 그 빛을 비추기 시작하는 곳으로부터   25
배들을 파선⁶시키는 폭풍과 소름끼치는 천둥이 일 듯,
평안이 흘러나올 것 같았던 바로 그 샘터⁷로부터

---

5. Fortune. 운명의 여신이 창부로 간주되곤 했는데 사람들에게 처음 보여줬던 호의가
   지속되는 일이 결코 없었기 때문이다.
6. 파선(Shipwrecking)은 마녀들이 등장하는 다음 장면의 주제이다.
7. 지금까지는 맥베스가 평안이 흘러넘치는 것으로 보이는 샘이다. 그 샘으로부터 위험

불안이 솟구쳤나이다. 들어 보시옵소서, 전하! 들어 보시옵소서.

용기로 무장한 정의의 군대가 황급히

30   패주하는 용병들을 다 쓸어버리려는 순간,

기회를 엿보던 노르웨이 왕이,

번쩍이는 무기들과 새로운 군사들로 진영을 갖추어

또다시 공격을 감행하였나이다.

던컨　　　　　　　　　　　　짐의 장군 맥베스와 뱅코우가

그 반격에 당황하지는 않았는가?

사관　　　　　　　　　　하였사옵니다.

35   허나 마치 참새가 독수리를, 혹은 토끼가 사자를 당황케

하는 격이었나이다. 사실대로 아뢰자면,

두 발의 대포알로 장전된 대포같이

두 장군님은

적군에게 이중 삼중으로 공격을 퍼부었나이다.

40   두 장군님은 피를 뿜는 상처에서 목욕을 할 참이었는지,

혹은 두 번째 해골의 언덕 골고다를 만들 참이었는지,

소신은 알 수 없나이다 —

하오나 정신이 흐려지오니, 소신의 상처들을 돌봐야겠나이다.

던컨　그대의 보고는 그대의 상처만큼이나 훌륭하네.

45   상처와 보고가 공히 명예롭도다. — 자, 저 자를 의사에게 데려가라.

　　　　　　　　　　　　　　　　[부축을 받으며 사관 퇴장.]

이 곧 솟구쳐 오를 것이다.

로스와 앵거스 등장

이리로 오는 자가 누구인가?

맬컴   로스의 영주이옵니다.

레녹스 저 두 눈에 서린 화급한 표정이라니! 저 표정으로 보아 범상치
않은 일을 아뢰려는 듯하옵니다.

로스   신께서 전하를 보호하시기를!

던컨 어디서 오는 길이오, 로스 영주?

로스   파이프로부터 이옵니다. 전하.

그곳에선 노르웨이의 군기가 하늘을 비웃으며,   50

우리 병사들을 공포에 질리게 하고 있사옵니다. 노르웨이 왕

자신이 불충한 대역죄인 코더 영주의 지원 하에

막강한 군대를 거느리고 참혹한 전투를 감행하였나이다.

하오나 전쟁의 여신 벨로나의 남편[8]께서는, 견고한 갑옷으로

무장한 채,   55

적의 공세에 뒤지지 않는 용맹과 전술을 발휘하여,

검에는 검으로, 반역의 무력에는 무력으로 대항하여

오만한 적의 사기를 꺾었나이다. 그리하여, 마침내,

승리는 우리의 몫이 되었나이다. ―

던컨   이렇게 기쁠 수가!

로스 그리하여 지금   60

노르웨이의 왕 스웨노는 휴전협정을 간청하고 있으나,

---

8. 맥베스.

세인트 코옴 섬에서 우리가 군비로 쓸 수 있도록

배상금 일만 달러를 지불하기 전에는

적병의 시신 매장도 허락하지 않을 것이옵니다.

65   **던컨**   코더 영주가 두 번 다시 과인의 신뢰와 호의를 배반하는

일은 없을 것이오. ─가서 그에게 즉시 사형을 선고하고

그가 누리던 종전의 작위⁹로 맥베스 장군을 맞아들이시오.

로스   분부대로 거행하겠나이다.

던컨   그 자가 잃은 것을, 맥베스 장군이 얻게 되었소. [퇴장.]

---

9. 극이 지니고 있는 아이러니의 서곡. '종전의 작위'(former title)는 코더 영주이지만
바로 앞 장면 1.2. 53-4에서 코더 영주는 로스와 던컨 왕 그리고 신하들에 의해 "불
충한 대역죄인"으로 낙인찍힌 상태이다. 따라서 이 작위로 맥베스를 맞는 아이러니
가 생겨났다. 과거의 역적과 미래의 역적이 빚어내는 아이러니이다.

3장

[황야.]

천둥소리. 세 마녀 등장.

마녀 1 넌 어딜 다녀왔니, 언니?

마녀 2 돼지 죽이러 갔지.[10]

마녀 3 언니는 어디 갔었어?

마녀 1 한 뱃놈의 마누라가 무릎에 밤을 쌓아 놓고선,

오도독, 오도독, 오도독 씹어 먹기에,

'나 좀 줘' 했지. −   5

'꺼져버려, 마녀야!' 하고 헌데 투성이 뚱보 여편네가 소릴 질렀어.

그년의 남편은 타이거 호의 선장인데 알레포로 갔어.

그러나 난 채를 타고 거기로 날아갈 거야.

그리고 꼬리 없는 쥐[11]가 되어

---

10. 마녀들은 그들이 품고 있는 악의를 가축들 사이에 질병을 퍼트려 죽게 하는 것으로 드러냈다고 알려졌다. 돼지들이 자주 희생되었는데 마녀들이 돼지들에게 특별한 적개심을 품고 있어서가 아니라 돼지는 서민들도 소유할 수 있었던 보편적인 소유물이었기 때문이었을 것이다 (K).

11. 마녀들은 자신이 원하는 어떤 동물의 형상으로도 변모할 수 있으나 꼬리를 가질 수 없는 것은 당대의 속설에서 기인한다. 마녀들의 손과 발은 동물의 네 다리로 쉽사리 변모할 수 있지만 여성에게 동물의 꼬리에 상응하는 길이를 가진 신체 부위가 없어 꼬리는 가질 수 없다는 것이다 (M).

할 거야, 할 거야, 하고 말거야.[12]

마녀 2 그럼 내가 바람 한 줄기 네게 줄게.

마녀 1 친절하셔라.

마녀 3 나도 한 줄기 줄게.

마녀 1 나머지 모든 바람은 내가 다 가지고 있어.

배들이 닿는 바로 그 항구로 바람은 불어.

뱃놈의 나침판이 가리키는 어디든지,

어느 곳이든지 바람은 불어.

난 그 선장 놈을 건초처럼 말려버릴 거야.

낮에도 밤에도 경사진 그자의 눈꺼풀에

잠이 붙지 못하게 할 거야.

저주받아 살게 해 줄 테다.

지친 일곱 밤에 아홉 곱하고 또 아홉 곱하면,[13]

---

12. I'll do, I'll do, and I'll do. 몇몇 주석가들이 마녀가 배 바닥을 갉아 구멍을 내거나 키를 갉아 배가 난파되거나 표류하게 할 것으로 유추하지만 이 장(章)의 24행에서 마녀가 배는 난파되지 않는다고 말한다. 이 마녀가 무엇을 할 것인지는 마녀가 여자의 남편이 수행하고 있는 항해를 '기나긴 고문'으로 만들겠다고 계책을 말하기 전에는 알 수 없다. 마녀의 의도는 '폭풍을 일으켜서 타이거 호가 항로를 이탈하게 만들겠다는 것. 마녀들은 날씨를 통제할 수 있는 것으로 믿겨졌다' (K). 꼬리 없는 쥐로 변신한 것은 타이거 호에 몰래 잠입해서 배와 선장에게 마법을 걸어 배는 폭풍에 휩쓸려 항로를 잃게 만들고 그로 인해 선장이 잠 못 들게 하려는 것이다. 마녀들이 극중 가장 선명한 불면의 이미지를 심어 놓았다.

13. 선장이 탔다는 타이거(Tiger) 호는 셰익스피어 시대에 흔한 선박의 이름이었고, 이 선박은 1583년에 알레포로 항해했던 실제의 선박이었으며, 1604년 12월 5일 영국을 출발해 온갖 위험한 사태를 다 겪은 후 1606년 6월 27일 영국으로 귀환한다.

놈은 쪼그라들고, 빼빼 말라, 기진맥진할 테지.

비록 그 배가 난파되진 않겠지만,

폭풍에 뒤흔들리게 될 거야.   25

내 가진 것 좀 봐.

마녀 2 나에게 보여 줘 봐, 보여 줘 봐.

마녀 1 내 가진 건 죽은 키잡이 엄지손가락,[14]

귀향하다 배 뒤집혀 죽은 놈이지.

마녀 3 북소리! 북소리다!   30

맥베스가 오는구나.

세 마녀 손을 잡고 원을 그리며 춤춘다. 점점 빨라지는 회전.

모두 우리는 운명의 세 자매, 손에 손 잡고,

바다로 육지로 휘저어 나르네.

빙글빙글 돌아라, 돌아라.

네가 세 번, 내가 세 번,   35

그리고 또 세 번이면, 아홉이구나.

쉬!─마법이 걸렸다.

[마녀들 갑자기 춤을 멈춘다. 그러자 안개가 그들을 가린다.]
맥베스와 뱅코우 등장.

이 기간은 568일이고, 마녀가 계산한 날 수(Weary seven-night nine times nine.
7×9×9)는 567일이다 (HU).

14. 시신의 신체 부위가 마법에 사용되었다. 자연의 이치에 어긋난 죽음을 당한 자의
신체부위가 마법에 사용될 때 그 효험이 발휘되는 것으로 믿겨졌다 (K).

맥베스 이처럼 험악하고 상서로운 날¹⁵은 지금껏 본 적이 없소.

뱅코우 포레스까지는 얼마나 된다고 합니까?　　　　[안개가 옅어진다.]

　　　　　　　　　　　　　　 －이것들은 뭐지요?

40　　저렇게 말라 비틀어진데다가 괴상한 의상에 땅 위에

　　　사는 존재로는 보이지 않으나, 그런데 땅 위에

　　　있는 저것들 말이요? 살아 있느냐? 아니면, 사람이 말을

　　　걸어도 되는 존재들이냐? 내 말을 알아듣는 듯하구나.

　　　갈라터진 손가락을 셋이 동시에 말라빠진 입술 위에

45　　갖다 대는걸 보니.¹⁶ 너희들은 여자임에 분명하지만,

　　　너희 턱수염이 날 그렇게 믿도록

　　　내버려두지 않는구나.

맥베스　　　　　　　 말하라, 할 수 있으면. －너희는 무엇이냐?

마녀 1 만세! 맥베스! 만세, 글래미스 영주님!

마녀 2 만세! 맥베스! 만세, 코더 영주님!

50　**마녀 3** 만세! 맥베스! 장차 왕이 되실 분.

---

15. 'so foul and fair a day I have not seen'. 이 대사는 1장 끝에서 마녀들이 읊조린
주문, 'Fair is foul, and foul is fair'(아름다운 것은 추한 것, 추한 것은 아름다운
것)과 맥을 같이 하는 것이기에 극의 주제적 측면에서 상당한 의미를 지닌다. 도오
든(Dowden, Edward)에 의하면 셰익스피어가 이 대비를 통해 '맥베스가 아직 이
마녀들을 발견하기 전이지만 맥베스의 혼과 마녀들이 서로 연결되었다. 마녀들의
주문이 맥베스의 피에 걸렸다'는 것을 암시했다 (*New Shakespeare Society. tr.* 249).
엘윈(Elwin)은 'foul'은 날씨를, 'fair'는 전쟁에서의 승리와 관련되었다고 생각한다
(*Shakespeare Restored*, 1853).

16. 마녀들의 이 손짓은 뱅코우에게 말하기를 거절하겠다는 신호이다. 다음 행에서 마
녀들이 맥베스에게 직접 말한다 (Wilson).

뱅코우 장군, 어찌 그리 놀라시오, 그리고 저런 경사스러운 말들에 두려
워 하는듯한 기색이십니까? — 내 진정 묻노니,
너희들은 내 상상이 만든 환영이냐? 아니면 진정
겉으로 보이는 이대로의 것들이냐? 나의 고귀한 동료를
너희들은 현재의 작위와, 앞으로 받게 될 고귀한 작위로   55
또한 왕위를 차지할 희망으로 맞이해
그는 황홀경에 빠진 듯하다. 그런데 나에겐 아무 말이 없구나.
만약 너희들이 시간의 씨앗[17] 속을 들여다 볼 수 있다면,
그리고 어느 씨앗은 자라고, 어느 씨앗은 자라지 못할 것을 안다면,
자, 나에게 말하라. 그러나 나는 너희들의 호의를 구걸하지도,   60
너희들의 저주를 두려워하지도 않는다.

마녀 1 만세!

마녀 2 만세!

마녀 3 만세!

마녀 1 맥베스만큼은 못하나, 그보다 더 위대하신 분.   65

마녀 2 그분만한 행운은 아니나, 더 큰 행운을 지니신 분.

마녀 3 왕들을 낳으실 분, 비록 그대는 왕이 될 순 없어도.
그러니 만세, 맥베스와 뱅코우!

---

17. '악마들은 사건이 미래에 어떻게 발전해 나갈 것인지를 절대적은 아니더라도 추정
적으로 안다. 만약 시간이 물질적 존재의 발전에 대한 척도라면, 그리고 물질적 존
재가 '씨앗 속의 이성'(rationes seminales)이라고 불리는 힘의 보고 속에 내재된 충
동에 따라 움직이고 발전한다면 사건의 씨앗은 시간의 씨앗이라고 명명될 수 있으
며 악마들은 어느 씨앗이 성장할 것인지, 그리고 어느 씨앗은 성장하지 못할 것인
지를 예언할 힘을 지니고 있다' (Curry, *Shakespeare's Philosophical Pattern*, 48).

마녀 1 맥베스와 뱅코우, 만세!   [안개가 짙어진다.]

70 **맥베스** 게 섰거라, 모호한 말을 지껄이는 것들아. 좀 더 말하라.

선친 시널께서 운명하셨으니 내가 그래미스 영주인 것은 내가 안다.

그러나 어찌해서 코더 영주냐? 코더의 영주는 살아 계시며,

권력을 쥔 영주이시다. 게다가 왕이 된다는 것은

언감생심, 상상할 수도 없는 일,

75 그것은 코더의 영주가 된다는 것보다 더 믿기 어렵다. 말하라,

어디서 이 괴이한 소문을 들었느냐? 또한

무슨 연고로 이 황량한 벌판에서 그런 예언 따위로

우리의 길을 막느냐? ─내 너희들에게 명하노니, 말하라.

                                       [마녀들 사라진다.]

뱅코우 물에 거품이 있듯이, 땅에도 거품이 있구려. 이것들이

80 바로 그 거품인 듯하오. ─이것들이 어디로 사라졌소?

맥베스 허공으로 사라졌소. 형체를 지닌 듯 했던 것들이 마치

입김처럼 바람 속으로 녹아들었소.[18] 좀 더 머물렀다면!

뱅코우 우리가 더불어 말을 나눴던 것들이 여기 실제로 있었소,

아니면 정신을 앗아가는 미치광이

85 풀뿌리라도 우리가 먹은 것이오?

맥베스 장군의 자손들이 왕이 될 것이라 했소.[19]

뱅코우   장군은 자신이 왕이 될 것이오.

─────────────

18. 스코틀랜드의 안개와 차가운 날씨를 연상시키는 표현 (M).
19. 맥베스가 방금 마녀들로부터 들은 예언을 뱅코우의 입을 통해 다시 듣고 싶어 한
다 (Knight).

맥베스 그리고 코더의 영주도 된다고, 그렇게 말하지 않았소?

뱅코우 그와 꼭 같은 곡조에 노랫말도 그러했소.[20] 이게 누구요?

로스와 앵거스 등장

로스 국왕 전하께서는, 맥베스 장군, 장군의 승전 소식에

너무나 기뻐하셨소이다. 또한 역적과의 전투에서　　　　　90

장군이 세우신 전공을 읽으실 때는,

감격과 칭송이 서로 다투었던 바,[21]

그것이 누구의 몫일지로 다투어 전하께서는 말문이 막히셨고,

바로 그날 전하께서는 장군의 다른 전공을 다 살피고서는

완강한 노르웨이 군 진중에서 장군께서　　　　　95

일말의 두려움도 없이 괴이한 죽음의 형상들을

만드셨다는 것을 아셨습니다. 셀 수 없는 전령들이

연신 당도하여 전하의 왕국을 굳건히 지켜내신

장군에 대한 칭송을

전하 앞에 다 쏟아 내었소이다.

앵거스　　　　　　　　　　　소신들은　　　　　100

국왕전하의 감사를 장군에게 전하고, 장군을

어전으로 모시러 왔을 뿐, 상급을 하사하려고

---

20. 노스워디(Nosworthy)는 뱅코우와 맥베스가 마녀들의 예언을 희화화한다고 주장한
다 (M).

21. 국왕이 느끼는 감격(존경심으로 인해 말문이 막힐 정도의)과 그것을 표출하려는 욕
구가 경쟁을 벌이는 형국. 극도의 감격상태가 되면 국왕의 말문이 막혀 칭송이 발
설되지 않고 따라서 맥베스의 것인 칭송이 맥베스의 소유가 될 수 없었다 (K).

온 것은 아니올시다.

로스 전하께서 몸소 하사하실 크나큰 상급²²의 증표로서 전하께서는
105   장군을 코더 영주에 봉하라 하셨소이다.
             그 칭호로 축하드리는 바입니다. 코더 영주,
             이 작위는 장군의 것이오.

뱅코우   이런! 악마도 진실을 말할 수 있단 말인가?

맥베스 코더 영주는 살아계시오. 공은 왜 빌린 옷을 나에게
           입히려 하시오?

앵거스   코더 영주였던 자가, 살아 있기는 하오이다.
110   그러나 대역죄의 판결을 받아 처형을
               피할 수 없게 되었소이다. 그가 노르웨이 군과
               결탁했는지, 역도들과 모의해 비밀리에
               지원과 협조를 제공했는지, 혹은 양측과
               결탁해 조국의 파멸을 획책했는지, 나는 알지 못하오.
115   그러나 대역죄가, 자백과 증거 등으로 입증되어
               그자는 파멸당하고 말았소이다.

맥베스 [방백]   그래미스, 그리고 코더 영주.
           가장 위대한 것이 남았다. [로스와 앵거스에게] 노고에
           감사를 드리오. ─
           [뱅코우에게 방백] 장군의 자손들이 왕이 될 것이라는 것을 믿어도

---

22. 던컨 왕의 의도를 알 수 없으나, 맥베스가 왕위를 생각했음이 틀림없다 (E). 로스는
    단지 던컨 왕의 과장된 약속을 전달하고 있을 뿐이다. 그러나 맥베스가 (그리고 관
    객들이) 마녀들의 세 번째 예언을 떠올렸음이 분명하다 (HU).

되지 않겠소?

나에게 코더의 영주 칭호를 준 것들이 장군의 자손들에게

그런 약속을 했으니.

뱅코우   그 말들을 온전히 믿게 되면,   120

그것들이 코더 영주뿐 아니라 왕관을 차지하려는

장군의 욕망에 불을 지필 것이요. 하지만 괴이한 일이요.

어둠의 정령이 흔히 우리들에게 해를 끼칠 목적으로

진실을 말하면서 우리들의 신뢰를 얻기도 하지요.

사소한 일에는 정직해 우리들의 환심을 끌다가,   125

뒤따르는 중대한 일에서는 우리를 농락하는 법이올시다. −

경들, 잠깐 드릴 말씀이 있소이다.²³

[로스와 앵거스 쪽으로 가고, 둘은 뱅코우에게로 간다.]

맥베스   [방백] 두 가지는 진실로 밝혀졌다.

마치 왕위를 두고 다투는 웅장한 연극의

상서로운 서막인 듯하다. −

            [큰 소리로] 고맙소이다, 귀공들−

[방백] 내가 왕이 될 것이라는 마녀들의 부추김은   130

흉조일리도, 길조일리도 없다.

---

23. 뱅코우가 로스와 앵거스에게 무슨 말을 하는지는 알 수 없다. 만약 뱅코우가 둘에
게 마녀의 예언에 관해 말했더라면 던컨 왕이 맥베스의 손에 시해당하는 일은 없
었을 것이다. 맥베스가 혼잣말을 할 수 있는 공간을 만들어 주기 위한 연극적 장치
일 뿐이다.

만약 흉조라면 왜 진실을 말해주는 것으로 시작하여

성취의 보증까지 해 준단 말인가? 나는 코더 영주다.

만약 길조라면, 나는 왜 그 유혹에 혼을 빼앗겨

135   그 유혹의 끔찍한 환영²⁴이 내 머리카락을 곤두세우고

내 천성을 뒤흔들어 쉽사리 요동치지 않던 내 심장이

이 갈빗대들을 이리도 두드린단 말인가? 눈앞의 공포의 대상물은

끔찍한 상상이 지어낸 것에 비하면 아무것도 아니다.

내 생각은, 시역이란 아직 상상에 불과한데,

140   연약한 내 중심을 이렇게도 뒤흔들어 놓아,

억측으로 질식당해 작동을 멎었고,

존재하지도 않는 환영들만 떠다니는구나.²⁵

뱅코우 저기 보시오. 우리의 동료 장군께서 열기에 들떠 있소이다.

맥베스 [방백] 만약 운이 닿아 왕이 될 것이라면,

그렇다면, 애쓰지 않아도

운이 나에게 왕관을 씌워줄 것이다.²⁶

145 **뱅코우**   새로 얻은 명예는

마치 새 옷 같이, 입어 익숙해지지 않으면, 입은 사람의

몸에 맞지 않는 법이오.

---

24. Horrid image. 던컨 왕을 시해하는 자신의 이미지.

25. And nothing is, but what is not. 실체와 비실체가 자리바꿈하는 극의 테마에 부
    응하며 죄의식의 초기 태동을 확인하는 대사 (Knight).

26. 홀린셰드에 의하면 맥베스는 왕의 혈족이며 왕위는 선출직이었기에 왕위에 오를
    자격을 갖추고 있었다. 맥베스가 피를 흘리지 않고도, 자신이 왕위에 선출될 수 있
    다는 생각으로 시해에 관한 상념을 밀어내고 있다 (L).

맥베스   [방백] 어차피 닥칠 일이면 닥쳐라.

시간은 가장 험악한 날도 흘러 그 끝에 이르는 법이다.

뱅코우 맥베스 장군, 우리는 장군을 기다리고 있소이다.

맥베스 용서하시오. 잊고 있었던 일²⁷로 내 아둔한 머리가   150

어지럽혀졌소이다. 친절하신 두 분, 두 분의 노고는

소신이 매일 펼쳐볼 소신의 마음속 책에

잘 간직되었소이다. ―전하께로 가십시다. ―

[뱅코우에게 방백] 오늘밤 벌어진 일들을 생각하시고,

틈이 나시면

숙고하신 후에, 서로의 흉금을 터놓고   155

이야기를 나누도록 하십시다.

뱅코우   기꺼이 그러리다.

맥베스 그때까지, 안녕히. ― [로스와 앵거스에게] 자, 가십시다.

                              [퇴장.]

---

27. 맥베스가 과거의 일로 주변의 인물들을 잠시 잊고 있었노라 변명하지만, 사실상 그
의 마음은 미래의 일로 가득 차있다.

4장

[**포레스. 왕궁 내의 한 방.**]

요란한 나팔소리.
던컨, 맬컴, 도날베인, 레녹스, 그리고 시종들 등장.

던컨   코더의 사형은 집행되었는가? 아니면 그 일을 맡은
집행관들이 아직 돌아오지 않았는가?

맬컴   전하,
아직 당도하지 않았나이다. 하오나 소자가 처형 장면을
목격했던 사람과 이야기를 나누었던 바, 그자의 전언에 의하면,
코더는 반역의 죄상을 숨김없이 고백하고
전하의 용서를 구하였으며, 또한 깊은
참회의 회한을 드러내었다 하옵니다. 그자의 일생을 통해
생을 마감할 때만큼 그다웠던 때가 없었나이다. 마치
자신이 죽는 장면을 미리 연습했던 것처럼
가지고 있었던 가장 귀한 것을 하잘 것 없는 것인 양
버리고 숨을 거두었다 하옵니다.[28]

던컨   사람의 얼굴만
보고 그의 속마음을 알아낼 방도는 없소.
그자는 과인이 한 점 의심 없이

---

28. 첫째 코더의 선한 종말과 두 번째 코더의 사악한 종말이 대비된다.

믿었던 신하[29]였소―

맥베스, 뱅코우, 로스 및 앵거스 등장.

던컨   오! 크나큰 공을 세운 종제(從弟)[30]!
지금 이 순간조차도 과인의 배은망덕이   15
과인을 짓누르는구려. 공의 공적은 너무 앞질러가
가장 날랜 보상의 날개도 그 공적을 따라잡을 수가
없구려. 공의 공적이 조금만 덜하였더라면
과인이 능히 칭송과 보상의 균형을 맞출 수
있었을 터였거늘! 오직 과인이 할 말은   20
그 어떤 보상도 공의 업적에 상응할 수 없다는 것이오.
맥베스 소신이 빚지고 있는 충성심은, 그것을 바치는 것으로
보상을 받는 것이옵니다. 전하께서는 다만
소신들의 충성을 받으시면 그만이옵니다. 소신들의 충성은
왕실과 나라에 바쳐야 하는 바, 전하를 섬겨야할 의무를 다하고 25
그 의무를 지키기 위해 소신들은 할 바를 함으로써,
자식이 부모에게, 하인이 주인에게 하듯 할 뿐이옵니다.
던컨   반갑소, 장군.

---

29. 바로 이어지는 맥베스의 등장으로 이 대사 속에 내포된 아이러니가 쉽사리 드러난
다. 왕이 맥베스의 얼굴을 통해서는 마녀들의 부추김에 혼을 뺏긴 맥베스의 내면을
읽어낼 방도가 없기에 "한 점 의심 없이" 신뢰하는 맥베스에게 시해당하기에 이르
는 것이다.
30. cousin. 군주가 다른 군주나 귀족을 의례적으로 지칭하거나 언급할 때 썼던 호칭
(O).

과인이 그대를 땅에 심었으니,[31] 그대가 울창하게

자라도록 과인이 애쓸 것이요. ─뱅코우 장군,

30 장군의 공도 그만큼 보답 받아야 하오. 결코 장군의 공이

적은 것으로 알려져서는 아니 되오. 장군을 안아봅시다.

과인의 품안에.

뱅코우   전하의 품 안에서 소인이 뿌리 내리면,

열매는 전하의 것이옵니다.

던컨   과인의 기쁨이

넘쳐, 기쁨이 슬픔의 눈물 속으로

35 숨어들 듯 하오. ─왕자들, 친척들, 영주들이여,

그리고 가장 가까이 있는 경들이여, 선포하느니,

과인의 장자 맬컴을 과인의 뒤를 이을

세자로 봉하고 이후로는 그를

컴버랜드 왕세자[32]라고 부르도록 할 것인즉, 그 명예는

40 유독 왕세자에게만 주어진 것이 아니라

---

31. 코더 영주로 봉한 것.

32. Prince of Cumberland. 스코틀랜드의 왕좌는 왕실 혈육들로 한정된 후보군을 대상
으로 하는 선별직이었다. 홀린셰드에 의하면 던컨 왕이 죽을 즈음에 선거후(選擧候,
선거인단)는 젊고 경험 없는 맬컴 왕자보다 던컨 왕의 혈족인 맥베스를 선호했던
것으로 되어있다. 그러나 극중 던컨이 맬컴을 컴버랜드의 왕세자로 공공연히 선언
한 것은 귀족들에 의해 맬컴이 왕위계승자로 인정받는 것을 의미했고, 그리고 귀족
들은 던컨이 죽으면 맬컴을 선출할 것을 맹세하는 절차를 따랐다 (K). 왕의 생전에
왕위 계승자가 공포되면 책봉의 증표로 컴버랜드 왕세자라는 칭호가 즉시 수여되
었다. 당시 컴버랜드는 봉토(封土)로서 스코틀랜드의 관리 하에 있던 영국 왕의 땅
이었다 (Steevens).

고귀함의 표시로서 마치 별들처럼

경들의 위에서 빛날 것이오. ─ 이제 인버너스³³로 행차할 것이오.

그리고 장군에게 좀 더 폐를 끼쳐야겠소.

맥베스 휴식도 전하를 위해 쓰이지 않으면 고역이옵니다.

소신이 직접 선봉이 되어, 전하의 왕림을 소신의 처에게   45

알려 그 귀를 기쁘게 해줄까 하옵니다.³⁴

그러하오니, 삼가 물러가겠나이다.

던컨   훌륭한 코더의 영주로다!

맥베스 [방백] 컴버랜드 왕세자라니! ─ 정녕 그것은 내가

걸려 넘어지거나, 뛰어넘어야 할 장애물이다.

그것이 내 가는 길에 놓였기 때문이다. 별들아, 그 빛을 가려라!   50

그 빛이 나의 검고 깊은 욕망을 보지 못하도록 하라.

손이 하는 일을 눈이 못 보게 하라. 허나 그 일을 이루도록 하라.

결행되면, 두려워서 눈이 보려 하지 않으려 할 일을.

던컨 진정 그러하오, 뱅코우 장군. 그는 과연 용맹무쌍하여,

그에 대한 칭송으로 과인은 포만감에 차 있소.   55

그 칭송은 과인에게는 향연이오. 그를 뒤쫓아 가십시다.

그는 과인을 맞이하는 것이 걱정되어 서둘러 떠났소.

그는 비할 데 없는 친족이오.   [나팔소리. 퇴장]

---

33. 맥베스의 성채가 있는 곳.

34. 던컨 왕과 맥베스가 맥베스 부인에게는 무엇이 기쁨인지를 가늠하지 못한다.

5장

[인버너스, 맥베스 성의 한 방.]

맥베스 부인, 편지를 읽으며 등장.

부인 '그것들은 내가 개선하던 날 내 앞에 나타났소.[35] 또한 나는
가장 확실한 근거[36]에 의해 그것들이 인간의 지혜를 넘어서는
능력이 있음을 알게 되었소. 그것들에게 좀
더 물어보려는 욕구로 내가 불타오르자, 그것들은
공기로 변하고 그 속으로 사라져 버렸소. 그것들에
5 놀라 망연자실하고 있을 때, 전하로부터 전령들이
와서 '코더의 영주'라고 나를 환대해 주었소.
이 일 직전에 이 마녀들이 바로 이 칭호로 날 맞아
주었고, '만세, 왕이 되실 분!'이라고 장래를 예언해주었소.
10 나는 이 일들을 당신(위대함을 나눌 나의 친애하는 반려)에게
알리는 것이 합당하다고 생각했소. 당신에게 어떤 위대한 일이
약속되어 있는지를 몰라 당신이 의당 누려야 할 기쁨을
잃어버려서는 안 되기 때문이었소. 이 일을

---

35. 부인이 무대 위에서 읽는 부분은 편지의 후반부.
36. by the perfect'st report. the best intelligence의 의미 (Johnson). 존슨(Johnson)은
맥베스가 운명의 세 자매와의 만남 이후 그들에 대해 많은 것을 알아냈다고 설명
한다 (*The Plays of Skakespeare*).

당신의 마음속 깊이 새겨두시오. 이만 줄이오.'

당신은 그래미스, 그리고 코더 영주십니다. ─ 그리고 약속받은   15
바와 같은 신분이 될 것입니다. ─ 그러나 당신의 성품이 걱정 되요.

가장 빠른 지름길을 택하기에는 당신은 너무 유순하고

인정이 넘쳐요. 당신은 위대해지고 싶어 하고,

그런 욕망이 없진 않으나, 그 욕망에 짝을

이루어야 할 무자비한 성품이 없어요. 높은 지위에 오르고 싶으나,   20

고귀한 수단으로 오르려 하시다니, 부정한 수단은 쓰지 않고,

부당하게 얻으려 하시는 것이지요. 위대하신

그래미스,

당신이 원하는 것이 이렇게 외쳐요, 가지려면 '이렇게 해야 한다'고

그러나 당신은 결행을 두려워만 하시니,

결행하고 나면 되돌리기 원치 않을 일이에요. 어서 오세요.   25

내 정기를 당신 귀에 불어넣어

운명과 초자연의 힘이 당신께

씌워드리려는 금관과 당신 사이에서

그것을 방해하는 것들을 내 혀의

힘으로 쫓아낼 테니까요.

전령 한 명 등장

무슨 기별이냐?   30

전령 전하께서 오늘밤 이리로 행차하실 것이옵니다.

부인   무슨 정신 나간 소리냐?

주인 나리께서 전하와 함께 계시지 않느냐? 만약 그렇다면,
준비를 하도록 나리께서 기별을 하셨을 터 아니냐?

전령 황공하옵게도, 사실이옵니다. 영주님께서는 오시는 중이옵니다.
35 저의 동료 한 명이 영주님을 앞질러 달려와
거의 숨이 끊어질 듯 헐떡이며, 겨우 이 소식만을
전해 주었습니다.

부인   저 자를 돌봐 주어라.
대단한 소식을 가져왔다. [전령 퇴장.] 던컨 왕이 나의 성에
운명을 맞으러 오는 것을 알리느라 까마귀도
40 목쉰 소리를 지르는구나.³⁷ 오라, 시역의 음모를
시중드는 악령들아, 이리 와서 나로부터 여성의 천성을 지우고,
머리에서 발끝까지 소름끼칠 잔혹한 성품으로 채워다오!
내 피를 탁하게 만들어, 연민의 정으로 흐르는 모든 통로를
막아다오. 그리하여 천성적 연민이 나의 무자비한 목적을
45 뒤흔들거나, 그 무자비한 목적과 결행 사이에 끼어들지
못하게 하라. 살인을 도모하는 악령들아,
너희들이 어디서 사람의 눈에 띄지 않는
형체로 이 순간 인간 천성의 사악함에 시중드는 중이어도
나의 여성의 가슴으로 들어와 달콤한 젖을
50 쓰디쓴 담즙으로 바꿔 놓아라! 오라, 캄캄한 밤이여!
와서 지옥의 칠흑 같은 연기로 너 자신을 휘감아,

---

37. 통상적인 손님의 방문은 까치가 알려주지만 살해당할 던컨 왕의 방문은 거칠고 귀
에 거슬리는 까마귀 소리가 제격일 것이라는 암시 (M).

나의[38] 날카로운 칼이 만든 상처를 그 칼이 보지 못하도록 하라.
또한 하늘이 어둠의 장막사이로 엿보다가 '그만, 멈추어라!'고
외치지 못하도록 하라.

맥베스 등장

위대하신 그래미스! 코더 영주님!
머지않아 이 둘보다 더 큰 이름으로 칭송받을 분!   55
영주님의 편지는 저로 하여금
미래의 영광을 알지 못하는 현재[39]를 뛰어넘게 해주셔서
저는 지금 미래의 영광을 느끼고 있답니다.

맥베스   사랑하는 부인.
던컨 왕께서 오늘밤 이리로 행차하시오.

부인   그리고 언제 떠나시지요?

맥베스 내일이오. 예정하신대로라면.

부인   오! 결코   60
태양이 그 내일을 보지 못할 것입니다!
나의 영주님, 영주님의 얼굴은 마치 책과 같아서 사람들은
거기서 진기한 것들을 읽습니다. 세상 사람들을 속이려면,
세상 사람들과 같아야 해요. 영주님의 눈에, 손에, 혀에
환대를 드러내셔야 하옵니다. 소박한 꽃처럼 보이시되,   65
그 아래서는 뱀이 되셔야 하옵니다.[40] 오시는 손님을 맞이할

---

38. 애초에 맥베스 부인 자신이 시역 행위를 하려 했다는 것을 드러내는 부분.
39. this ignorant present. 미래의 영광에 대해 무지한 현재 (M).

준비를 해야겠어요. 오늘밤의

거사는 저에게 맡기세요.[41]

이 일은 다가올 우리들의 기나긴 세월에 절대적인

군주의 대권과 통치권을 부여해줄 것이옵니다.

맥베스 이야기를 좀 더 해야 하오.

부인   그저 평온한 표정만 지으세요.

안색의 변화는 사람들의 의심을 불러일으키는 법.[42]

나머지 모든 일은 저에게 맡기세요.   [퇴장.]

---

40. 이 이미지가 폭약음모사건(Gunpowder Plot)이 미수에 그친 것을 기념하는 메달에
    새겨졌다. 이 이미지속의 뱀은 부인이 맥베스를 유혹한 것처럼, 아담을 유혹하라고
    이브를 설득하는 뱀을 상기시킨다 (E).

41. put this night's great business with my dispatch. 맥베스 부인이 시해행위를 직접
    하겠다기보다 거사를 총괄하겠다는 의미 (M).

42. 맥베스 부인이 남편의 마지막 대사에서 우유부단함을 감지한다.

6장

[인버너스. 맥베스의 성 앞.]

구식 오보에 소리가 들리고 횃불⁴³이 켜져 있다.

던컨 왕, 맬컴, 도널베인, 뱅코우,
레녹스, 맥더프, 로스, 앵거스, 그리고 시종들 등장.

던컨 이 성은 상서로운 땅에 자리 잡았구려. 공기는 신선하고
향기로워 유쾌하게 우리의 기분을 북돋우어 주고 평안하게
만들어 주는구려.

뱅코우   사원에 깃들기를 좋아하는 여름손님 제비들이
이곳에 떼 지어 둥지를 틀고 있는 것이
이곳의 공기가 신선하다는 것을 입증하고 있나이다.   5
추녀 끝, 기둥 위, 버팀벽뿐만 아니라 둥지 틀기에 적합한
구석구석에 제비들이 허공에 매달린 둥지와 새끼 치는
요람을 만들어 놓지 않는 곳이 없나이다.
소신이 살펴본 바에 의하면 제비들이 모여들고 새끼 치는 곳은,
공기가 온화하옵나이다.

---

43. Hautboys and torches. 이 무대 지시문은 '구식 오보에와 횃불'은 물론, '오보에
연주자와 횃불지기'를 지칭하는데 사용되었다(…used for the *player* of the
instrument and the *bearer* of torch) (M). 연극이 한낮에 공연되었어도 이 횃불로
실내의 어둠과 실외의 밝음이 대비되었다.

맥베스 부인 등장

10 **던컨**　　　　　　　저기, 보시오! 존경하는 이 성의 안주인이구려. —

호의도 이렇게 따라다니면 때로는 성가신 법,

그럼에도 호의에는 감사를 표하는 법이오. 그러니 부인께 수고를

끼친 것에 대해 하나님이 과인에게 은총을 베푸시도록 기도하시고,[44]

부인에게 끼친 수고에 대해 과인에게 고마워해야 할 것이오.

부인　　　　　　　　　　　　　　　　　전하에 대한

15　저희들의 봉사는 어느 면으로나 두 곱에, 다시 두 곱을 한들,

전하께서 저희 가문에 내려주신 깊고도 넓은 은혜에 비하면

초라하고 하찮을 뿐이었나이다. 이미 하사하신 명예와

금번에 내려주신 명예에 보답코자

전하를 위해 기도할 뿐이옵니다.

20 **던컨**　　　　　　　　　　　코더 영주는 어디 있소?

우리는 장군의 뒤를 좇아, 장군보다 먼저 도착하여

그의 귀환을 알리려 하였으나, 장군은 승마에 능할 뿐 아니라

박차처럼 날카로운 그의 충성심이 그를 휘몰아 우리보다

먼저 이곳에 당도했구려.[45] 아름답고 고귀하신 부인,

오늘밤 우리는 부인에게 신세질 손님이오.

---

44. 수고를 끼치는 것이 사랑의 표현이라는 의미. 수고스럽지만 사랑하기에 고마워해
야 한다는 것.

45. 맥베스가 왕보다 먼저 도착하고도 왕을 영접해야 하는 때에 나타나지 않는다. 던컨
왕이 맥베스의 승전과 그의 충성심에 들떠 신하인 맥베스 쪽으로 향하는 위계의
역전이 벌어졌다.

부인   항상 전하의 충복된 저희는   25

저희의 하인들, 저희들, 그리고 저희가 가진 모든 것을

전하로부터 위탁받은 것들로 여기오며, 전하의 분부가 계시면,

항상 돌려드리려 하옵니다.

던컨   손을 이리 주시오.

과인을 주인에게로 안내하시오. 과인은 그를 극진히 총애하고

있으며, 그에 대한 총애는 변함없을 것이오.   30

입맞춤을 허락해 주시오.[46] 부인. [왕이 부인을 성안으로 이끌고 들어간다.]

---

46. **By your leave.** leave는 '허락'의 의미. 입맞춤이 표현되지 않았으나 정황으로 보아
왕이 부인의 뺨에 입맞춤하는 것은 자연스러운 일. '당시의 관습대로 왕은 맥베스
부인의 뺨에 입맞춤을 한다. 이 장면의 클라이맥스와 마무리로 더 나은 것이 무엇
이겠는가?' (Barker).

7장

[인버너스, 성안의 한 방.]

구식 오보에 소리와 햇불, 연회 시종장,
접시와 식기를 든 여러 부류의 하인들이[47]
무대를 가로질러 간다. 그리고 맥베스 등장.

맥베스 한번 결행되고, 그것으로 완전한 종결이라면, 그렇다면 서둘러
해치우는 게 나을 것이다. 만약 암살의 투망 안에
모든 결과가 다 걸려들고 그의 죽음과 함께
성공을 틀어쥘 수만 있다면, 그래서 여기, 오직 이곳,
5   이승의 얕은 여울,[48] 이승의 언덕 위에서 단 일격만으로
만사가 종결된다면, 내세를 걸고 결행할 것이다. ─그러나 이런
일들은 여기 이승에서 항상 심판을 받는 법,
살생의 교훈을 가르치면, 그걸 배운 자는 그 교훈을 가르친
자에게 되돌려 그를 괴롭히기 마련이다. 그리하여
10   공평무사한 정의의 여신은 독배를 마련한 자의 입에 그 독약을
부어 넣는 것이다. 왕은 이중의 신뢰를 바탕으로 이곳에 있다.

---

47. 하인들의 질서정연한 움직임은 격식을 갖춘 축연의 질서를 재현해 낸다. 이 장면은
사회적 질서와 인간적 우애의 상징이며 맥베스가 이 인간적인 것으로부터 자신을
배제시킨 점에서 의미를 지니는 장면이다.
48. 영원의 거대한 심연(The great Abyss of Eternity)과는 대비되는 인생살이의 얕고,
좁은 여울목(This Shallow, the narrow Ford, of human Life) (M).

먼저는, 나는 그의 인척이며 그의 신하이기에 어느 쪽으로든,

그 행위에 강력하게 맞서야 한다. 또한, 손님을 맞은 주인으로서,

손님을 살해하려는 자에게 빗장을 걸어야 할 자가,

감히 손수 칼을 들 수는 없는 일. 이에 더하여, 던컨 왕은   15

권력을 행사함에 있어 그처럼 자비로웠으며,

그의 왕권에는 한 점 오점도 남기지 않았기에,

그의 덕성은 나팔의 혀를 가진 천사처럼

그를 살해한 저주받을 악행을 비난할 것이다.

그리고 발가벗은 아이와 같은 연민의 신⁴⁹은   20

광풍을 타고, 또한 하늘의 천사들은

눈에 보이지 않는 바람이라는 준마를 타고

세상 사람의 눈에 그 천인공노할 악행을 불어 넣어

눈물의 홍수가 분노의 폭풍도 잠재우게 될 것이다. ─

나는 내가 올라탄 왕위찬탈이라는 말이   25

나아가게 할 박차⁵⁰를 가지고 있진 못하고, 대신

치솟는 야심으로 지나치게 뛰어올라 말안장에 제대로 앉지 못하고

---

49. And Pity, like a naked new-born babe. '아기연민'(the baby Pity) 혹은 '아기 같
   은 케루빈'(baby-like Cherubin)으로도 불린다. 발가벗은 아기의 모양을 취하는 연
   민의 신(Pity)은 동정과 연민의 대상이다. 바람을 타고 다니며 인간의 행위들을 먼
   지처럼 모든 사람들의 눈 속에 불어 넣으면 사람들은 그 행위를 알게 되며 눈물을
   흘리는데 먼지로, 그리고 연민으로 인해서이다 (HU).
50. 박차의 이미지는 셰익스피어 시대의 마술(Horsemanship)의 이미지로 연결된다. 당
   시 말안장 위에 박차 없이 도약해 올라타는 것은 존경받는 묘기였다. 왕좌에 한번
   만에 뛰어올라 안착하려는 맥베스의 욕구는 타인에게 살상의 교훈을 가르쳐준 것
   으로 인해 안장 밖으로 곤두박질치는 것처럼 좌절되고 말 것을 암시하고 있다.

반대편으로 나가떨어질 뿐이다. ─

맥베스 부인 등장

웬 일이오! 새 소식이라도?

부인 전하께서는 저녁식사를 거의 다 드셨어요. 왜 방을
나가셨습니까?

맥베스 전하께서 날 찾으셨소?

30 **부인** 찾으셨던 것을 모르셨어요?

맥베스 이 일을 더 이상 진행하지 맙시다.

전하께서는 최근에 나에게 명예를 베푸셨소. 그리고
온 백성들 사이에 나에 대한 칭송이 자자하오. 내가 입은
그 칭송이 이제 막 빛을 내고 있으니 그렇게 일찍
벗어 버릴 일이 아니오.[51]

35 **부인** 당신께서 갖춰 입으셨던 그 희망은
술 취해 있었던가요? 그 후 그 희망은 잠들었나요?[52]
이제 잠에서 깨어나, 전에는 태연히 봤던 것[53]을 이제는
숙취로 파랗게 질려 바라보고 있단 말입니까? 지금부터 당신의
사랑도 그런 것[54]으로 믿겠사옵니다. 당신은 욕망으로 차 있을

---

51. 극 중 반복되는 의상의 이미지 중 하나.
52. Was the hope drunk,/Wherein you dress's yourself? Has it slept since?. 『존 왕』
(*King John*) 4.2.116-17에서 존 왕이 이와 유사한 한탄을 한다. "O, where hath
our intelligence been drunk?/Where hath it slept?(우리의 정보원들은 어디서 술
취해 있었단 말인가?/어디서 잠을 잤단 말인가?")
53. 시역.

때처럼, 자신이 원하는 바를 용감하게 실행하시기가   40

두려운 것입니까? 당신은 인생의

귀한 장식품[55]이라고 값을 매긴 것을 얻고는 싶으나

민담속의 불쌍한 고양이처럼[56] '가질 거야' 했다가 이내

'내가 감히 어찌'로 꼬리를 내리며 스스로 생각해도

비겁한 사내로 사시겠다는 것입니까?

맥베스   제발, 그만하시오.   45

나는 대장부에게 어울리는 일은 무엇이든 하오.

그 이상의 짓을 하는 자는 인간이 아니오.

부인   그러면 당신으로 하여금

이 중대사를 나에게 제안[57]하도록 부추긴 건 무슨 짐승이었나요?

이 대업을 이루겠노라 결심할 때, 당신은 대장부였습니다.

그리고 그보다 좀 더 담대해지시면, 당신은 그만큼   50

더 대장부다워지실 것입니다. 그때는 시간도, 장소도

적당치 못했으나, 당신은 두 가지를 다 마련하시려 하였습니다.

그런데 그 두 가지가 이제 다 마련되자, 그 절호의 기회가

당신을 나약하게 만들었어요. 나는 젖을 빨려본 적이 있어

젖을 빠는 아기를 사랑하는 것이 얼마나 애틋한지 알아요.   55

그러나 당신이 이 일에 맹세한 것처럼 저도 맹세를 했다면,

---

54. 약속은 위대하지만 행위가 따르지 않는 처신.
55. 왕관.
56. 물고기를 먹고 싶어 하나 앞발을 물에 담그려 하지 않는 가련한 고양이 (M).
57. break: propose의 의미. 부부가 이 장면 전에 시해를 모의했다는 것을 입증하는 어
    휘 (1.5.71).

아기가 내 얼굴을 향해 웃고 있을 때라도

그 이빨나지 않은 말랑말랑한 잇몸에서 내 젖꼭지를 빼내고,

내던져 머리를 부셔버렸을 것입니다.[58]

맥베스   만일 실패한다면?

60 **부인**   실패를 하다니요?

용기라는 활의 시위를 최대로 잡아당기세요.

그러면 실패하지 않아요. 던컨 왕이 잠들면

(종일 힘든 여행을 한 연후라서 더 깊이 잠들 것이

분명할 것입니다만) 그의 침실을 지키는 두 시종을

65 제가 포도주로 축배를 들게 해 곯아 떨어지게 하면

두뇌를 지키는 간수인 기억력은

증기가 될 것이고, 이성을 담는 저장소[59]는 증기만 가득한

---

58. 콜리지(Coleridge)는 이 부분을 다음과 같이 이해한다. 이 대사는 '보통 잔혹하고
전혀 여성답지 못한 성품을 입증하고 있지만, 정반대를 드러내고 있다. 그녀는 맥
베스가 던컨을 시해하겠다고 한 엄숙한 약속을 이행하라고 가장 엄숙한 촉구의 수
단으로 이 대사를 뱉는다. 그녀가 그렇게 약속했더라면 그녀는 약속을 파기하기보
다 그녀의 정서에 가장 두려운 짓을 했을 것이다. 그리고 상상으로만 품을 수 있는
가장 무서운 행위, 그녀의 정서에 가장 혐오할 만한 행위로 그녀는 아기에게 젖을
먹이다가 아기를 죽일 일을 암시하는 것이다. 그녀가 이 암시를 야만적인 무관심으
로 표출하면 호소력을 잃을 것이다. 그러나 젖 먹는 아기를 죽이겠다는 암시와 이
암시의 목적은 자신과 아기를 묶어주는 것, 즉 수유행위만한 부드러운 끈을 그녀가
생각해 내지 못하고 있음을 보여주는 것이다.'
   그녀가 자신을 잘못 드러내고 있다는 것이 2.2.12-13에서 드러난다. 자신의 아
버지를 닮은 늙은 왕을 죽일 수 없다면 자신의 아기도 죽일 수 없을 것이다. 그러
나 극장에서 이 대사를 들으면, 우리들은 생각할 것이다. "여성인 것은 맞다. 그러
나 이런 정서를 뱉어내다니, 어찌된 여성이냐!" (W).

증류관이 될 것입니다. 그것들이 술에 곯아 떨어져 마치
죽은 것처럼, 돼지 같은 잠에 빠져 누워 있으면,
아무 방비 없는 던컨 왕에게 무슨 짓을   70
못하겠어요? 술 취한 시종들에게 뒤집어씌우지
못할 죄가 어디 있으며, 그들은 우리가 저지른 시역의
죄를 뒤집어쓰지 않겠습니까?

맥베스   부인은 사내아이만 낳으시오![60]
부인의 대담무쌍한 기질로는 사내아이 밖에는
낳을 수 없을 것이오. 왕의 침실을 지키며 잠들   75
시종 두 명에게 피 칠을 해두고,
그들의 칼을 사용하면 그들의
소행으로 받아들여지지 않겠소?[61]

부인   왕의 비명횡사를 발견한 즉시
비통해하고 슬퍼하며 소란을 피우면 누가 그것을 달리
받아들이겠어요?

맥베스   결심했소. 그리고 이 무서운 일의   80
성취를 위해 있는 힘을 다하겠소.

---

59. 중세 생리학자(physiologist)들은 기억이 후방 두개골 영역 중 두뇌의 제일 아랫부
    분, 즉 목 바로 위에 위치했고, 이성은 두개골의 상단 즉, 정수리 부근에 위치한 것
    으로 믿었다. 포도주를 마시면 위장으로부터 피워 오른 포도주 증기가 두뇌에 닿
    고 그로 인해 취기가 오른다고 생각했다 (K).
60. 맥베스가 아내의 '남성다움'(manliness)에 대한 비정상적 정의(定意)를 마지못해
    받아들인다.
61. 부인이 시해의 구체적인 계략을 드러내는 순간 맥베스가 살인자로 변모했다 (M).

갑시다. 그리고 웃는 얼굴로 세상 사람들을 속입시다.
거짓 얼굴로 거짓 마음이 도모하는 바를 숨겨야 하오.

[퇴장.]

2막

1장

[인버너스, 맥베스 성안의 뜰. 한 두 시간 후.]

무대 뒤 출입구를 통해 횃불을 든 플리언스와
뒤 따르는 뱅코우 등장. 성문을 열어둔 채 앞으로 나온다.[62]

뱅코우 밤이 얼마나 깊었느냐, 아들아?

플리언스 [하늘을 바라보며] 달이 졌으나, 시계 치는 소리는 듣지 못했습니다.

뱅코우 달은 자정에 질 것이다.

플리언스   자정은 지난 듯합니다. 아버님.

뱅코우 자, 이 검을 받아라. ─하늘에도 절약이 있어,

5   하늘의 촛불들이 다 꺼졌구나. ─이것도 좀 받아라.

                    [단검이 달린 허리띠를 끄른다.]

졸음이 와서 마치 눈꺼풀을 납덩이가 내리누르는 듯하구나.

하지만 잠들고 싶진 않다. 자비로우신 천군천사[63]들이시여!

---

62. 1막 7장과 2막 1장 사이에 상당한 시간이 경과 되었다. 그동안 던컨 왕은 잠이 들
   었고 뱅코우와 플리언스는 왕에게 시중들다 자신들의 침소에 들기 위해 연회장에
   서 나온 것이다.

63. Powers. 천사들의 위계 질서상 제6계급에 속하는 천사. 하나님의 지혜의 영(Divine
   Wisdom)이 사탄의 힘이 과도하게 확장되었다고 판단하면 그 사탄의 힘을 격퇴하
   는 것이 이 6계급 천사들의 특별한 기능이다. 뱅코우도 세 마녀에 대한 상념으로
   번뇌한다. 그러나 어둠과 사탄의 영을 부르는 맥베스와는 달리 뱅코우는 사탄을 제
   어하는 천사들에게 망상을 막아줄 것을 탄원한다.

원컨대, 잠이 들면 인간의 본성이 길을 열어줌으로 인해
떠오르는 저주스러운 망상들을 막아 주시옵소서! [놀란다]
                                  ―내 검을 다오.

오른편으로부터 맥베스, 그리고 횃불을 든 하인 한 명 등장.

거기 누구냐?   10
맥베스 친구요.
뱅코우 아니, 장군, 아직도 주무시지 않으셨소? 전하께서는 침소에 드셨
소이다.
전하께서는 각별히 기뻐하셔서,
장군의 하인들의 방에 하사품을 넉넉히 내리셨소이다.
이 다이아몬드는 극진한 성의를 보이신   15
장군의 부인에게 전하께서 하사하시었으며, 전하께서는
더없이 흡족하신 하루를 보내셨소이다.
맥베스   준비되지 않았던 일이라,
우리의 성의가 그로인해 뜻을 이루지 못했소이다.
그렇지 않았다면 마음껏 대접해 드렸을 터인데.
뱅코우   모든 것이 흡족했소.
간밤에 세 마녀의 꿈을 꾸었소.**⁶⁴**   20
그것들이 장군께 해주었던 예언의 일부는 성취되었소.
맥베스   그것들을 생각진 않았소.
_____
64. '맥베스에 대한 은근한 부추김' (Cuningham). 전혀 사심 없는 발언이기도 하다
(M).

그러나 편한 시간에 우리[65]

그 문제를 논의해 보도록 하십시다.

장군께서 시간이 허락되면 말이오.

뱅코우   장군의 여가 시간이면 언제든 좋소이다.

25 **맥베스** 때가 되어 장군께서 나의 관심사에 호응해주시면,[66]

장군께는 명예가 될 것이오.

뱅코우   명예를 더하려다

오히려 그것을 잃을 일이 없고, 마음을 한 점 흠 없이

지키며, 왕을 향한 충정을 오롯이 간직할 수 있다면,

장군의 제의에 따르겠소이다.

맥베스   그럼, 편히 주무시오.

30 **뱅코우** 고맙소, 장군. 장군도 편히 주무시오.[67]

[뱅코우와 플리언스 그들의 숙소로 퇴장.]

맥베스 가서, 마님께 말씀드려라. 내 밤술[68]이 준비되면

---

65. '왕관이 그의(맥베스) 손아귀에 있으니, 맥베스가 앞서서 왕의 일인칭 we를 사용한 것으로 보인다'(Clarendon). 그러나 체임버(Chambers)가 주장한 것처럼, 맥베스는 왕의 일인칭 we를 사용하기에는 너무 선량한 인물이다. 아마도 '당신과 나'의 의미일 것이다 (M).

66. 원문의 'cleave to my consent'는 'to be of consent'에서 변형되었으며 '종범, 방조자가 되다'(to be accessory)의 의미이다. 맥베스의 대사가 의도적으로 불명확하다. 그의 말은 던컨이 천수를 다하고 난 후 자신이 왕좌를 이어받을 계승자임을 주장할 때 뱅코우가 협력해줄 것을 원하는 의도로 들릴 수 있고, 혹은 이 말이 뇌물로 간주될 수도 있도록 억양이 조절되어야 한다.

67. 아담스(Adams)는 이 장면 다음에 맥베스 부인이 홀로 던컨을 시해하려 했던 장면이 있었으나 삭제되었다고 믿는다 (M).

종을 쳐 알리라고.[69] 너도 가서 자도록 하여라.

　　　　　　　　　　　　[하인 퇴장. 그는 탁자 앞에 앉는다.]

이게 단검[70]인가, 내 눈앞에 나타난 것이,

손잡이가 나를 향해 있는 이것이? 가까이 오너라, 어디

잡아보자. -

잡을 수는 없으나, 여전히 내 눈앞에 있다.　　　　　　　35

---

68. 향신료가 가미된 한 모금 정도의 따뜻한 포도주로 엘리자베스 여왕시대나 중세에 대
부분의 귀족 남녀가 잠자리에 들기 전 마셨다. 건강에 유익한 것으로 알려졌다 (K).

69. 부부가 약속해 놓은 신호.

70. 이 환영 장면의 무대 재현을 둘러싸고 초기 비평가들과 주석가들이 내렸던 고전적
해석들과 가능한 이견(異見). '칼은 공중이 아니고 탁자 위에 있을 것. 맥베스가 처
음에는 이 칼을 실재라고 생각한다' (Chambers). 그러나 맥베스가 그 칼을 실재라
고 생각했다면 텍스트와 같이 질문으로, 게다가 이 괴이한 질문으로 이 대사를 시
작하지 않았을 것이다. 당대의 무대기법상 낚싯대 정도의 소도구로도 칼을 허공에
띄울 수 있었을 것이다. '맥베스는 종소리를 기다려야 하고, 기다리는 행위는 앉는
것이다. 탁자에 앉자, 그는 갑자기 탁자위의 물체에 시선을 빼앗긴다. 관객은 처음
부터 그것이 '마음속의 칼'임을 알지만, 그 인식이 맥베스에게는 서서히 진행된다.
34행에서 칼을 잡으려는 시도가 허사가 되고, 42행에서 칼이 허공에 뜨는 것처럼
보이고 이내 문 쪽으로 향하다가 46행에 이르면 칼에서 피가 떨어진다. 이때 비로
소 맥베스가 환영으로부터 벗어나고 시역을 결심하게 되어 무의식중에 앞으로 나
아가며 '한밤의 비밀과 어둠, 그리고 사악함의 세계'에 빠져든다 (W). 세이무어
(Seymour, *Remarks*, 1805)의 의견에 의하면 배우는 공포심이 아니라 확신과 활력
이 드러나야 한다. 그러나 대사의 기저에는 공포가 스며있어야 한다. '칼은 교란된
기질(humours)과 영혼(Spirits)에 의해 즉시적으로 야기된 환영이지만 궁극적으로
는 악마들의 힘에 의한 것이며, 악마들은 저희들이 원하는 결과를 도출하기 위해
이런 육체적인 힘들(기질, 영혼)을 통제하고 조작해왔다' (Walter C. Curry,
Shakespeare's philosophical Patterns).

운명이 보낸 환영아, 너는 볼 수는 있어도
만지지는 못한단 말이냐? 아니면 너는 단지
열에 들뜬 뇌수로부터 피어 오른
헛된 창조물, 마음속의 칼에 불과하단 말이냐?
40 아직도 보이는구나, 지금 내가 빼든
이것만큼 뚜렷한 형태로.[71]
너는 내가 가려고 했던 방향으로 날 인도하는구나.
그리고 나는 너 같은 무기를 사용할 참이었다. ― [그는 일어난다.]
내 눈이 다른 감각들의 조롱을 받고 있든지, 아니면 다른
45 감각들은 마비되고 눈만 온전한가 보다. 아직도 보인다.
그리고 칼날과 손잡이에서, 핏방울이 떨어지는구나.
조금 전엔 이러하지 않았다. ―이따위 것이 존재할 리 없다.
피비린내 날 일이 내 눈에 헛것들을
만들어 내는구나. ―이제 세상의 반은
50 죽은 듯 조용하다. 그리고 악몽들은
휘장 속에서 잠든 자의 곤한 잠을 어지럽히고 있다.
마녀들은 창백한 헤커티[72]에게 제물을 바치고, 자신의
파수꾼인 늑대의 울음소리를 신호로 초췌한 살인자는
타퀸이 정숙한 귀부인을 겁탈하려고 발끝으로 다가 갔듯이[73]

---

71. 맥베스가 환영과 실체를 비교하기 위해 검을 빼들지만 그의 눈이 탁자 위로 향하
자 환영이 사라진다. 그가 한순간 당혹해 하다가 이내 칼이 허공에 떠서 왕의 침소
로 향하는 것을 본다.
72. Hecate. 고대와 중세의 마술의 여신. 달의 여신이기도 하기에 창백하다.
73. 고대 로마 왕이었던 타퀸(Tarquinius Sextus)은 한밤중 로마 귀족의 아내 루크레티

도둑같이 발소리를 죽이며, 마치 유령처럼 ⁵⁵

희생물에게 다가간다. ─ 그대 확고부동한 대지여,

내 발이 어디를 향하던, 그 발자국 소리를 듣지 마라.

행여, 땅위의 자갈들이 내 가는 길을 소근 거려

지금 이 시각에 어울리는 소름끼치는 적막을 깨뜨려서는

안되기 때문이다. ─ 이렇게 위협하는 동안에도, 그는 살아있다. ⁶⁰

말은 실행의 열기에 차가운 입김만 불어댈 뿐이다.[74]

[종이 울린다.]

내가 가면 일은 끝난다. 종소리가 날 부르는구나.

던컨 왕이여, 이 소릴 듣지 마시라. 이 종소리는

그대를 천국 혹은 지옥으로 인도하는 조종 소리이기 때문이다.

[무대 후면의 열려있는 문을 통해 빠져나가 한 걸음 한 걸음 계단을 오른다.]

아(Lucretia)의 침실로 몰래 들어가 그녀를 겁탈했다.

74. 말과 행동 사이의 괴리는 「햄릿」의 주요 주제이다. 이 주제가 「맥베스」에서는 다
른 형태로 재현된다.

2장

[같은 장소.]

맥베스 부인 등장.

부인   그자들을 취하게 한 것이 나를 대담하게 만들었고,

그자들을 잠들게 한 것이 내 속에 불을 지폈다. ―소리가 들렸다!

―쉿!

올빼미 소리다. 사형 집행을 통고하는 종치기 야경꾼,[75] 그

올빼미가 음울한 밤 인사를 하는구나.[76] 그이는 지금 그 일을

5   하고 있다. 문들은 열려 있고,[77] 만취한 시종들은

코고는 소리로 자신들의 임무를 조롱하고 있다. 그자들의 밤술에

약을 탔으니, 삶과 죽음의 신이 이들을 살릴 것인지,

---

75. the fatal bellman. 아침에 사형집행이 예정된 죄수들의 감방 앞에서 종을 쳤던 야
경꾼. 부엉이의 날카로운 소리가 때때로 죽음의 전조로 여겨졌다 (EV). 종치기
(bellman)나 포고 관원(town crier; 포고 사항을 알리고 다니던 고을의 관원)이 사
형집행 전날 밤에 사형수를 방문하는 것이 관례였다. 1604년 로버트 도우(Robert
Dow)라는 런던 상인이 기금을 조성해 사형 집행 전날 밤에 뉴게이트(New Gate)
감옥소 옆에 있던 성묘 교회(St. Sepulcher's Church)의 종을 치도록 했고, 종치기
도 요령(handbell)을 감방 밖에서 치도록 했다. 사형수들이 자신의 죄에 대해 생각
하도록 한 조치였다 (K).

76. 사형집행 전날 밤이므로 밤 인사가 음울한 것이고, 미신에 의하면 올빼미의 울음소
리는 죽음의 전조이다 (K).

77. ① 물리적 장애물들은 극복되었다. ② 도덕적 억제력은 폐기되었다 (HU).

죽일 것인지로 다투고 있다.

맥베스 　　　　　　 [안에서] 거기 누구냐?[78] — 무슨 소리냐, 여봐라!

부인　이런! 시종들이 술에서 깨어나 일을 그르친 건 아닌지

두렵구나. — 일을 도모하다가 성사시키지 못하면　　　　　　　　10

우린 파멸이다.[79] — 가만! — 내가 그자들의 칼을 빼 놓아 두었으니,

그이가 그걸 못 봤을 리 없다. — 자고 있던 왕이 내 아버지를

닮지만 않았던들, 내가 해치웠을 텐데.

　　그녀는 계단을 향해 가려는 듯, 몸을 돌렸다가

　두 팔이 피투성이가 된 채 왼손에 두 자루의 단검을 들고

　　문간에 서 있는 맥베스를 발견한다.

　　그는 비틀거리며 앞으로 나온다.

　　　　　　　　　　　　　　 —여보!

맥베스 해치웠소. — 무슨 소릴 못 들었소?

부인　올빼미 우는소리, 그리고 귀뚜라미 소릴 들었어요.　　　　　　15

당신이 말하지 않았어요?

맥베스　　　　　　　 언제?[80]

부인　　　　　　　　　방금요.

맥베스　　　　　　　　　　내가 내려올 때 말이오?

---

78. 맥베스가 무슨 소리를 들은 것으로 여기고(14행) 혼비백산해 소리를 지른다. 통제
　　력을 잃은 것이다.

79. 얼마 지나지 않아 맥베스 부인은 일을 도모하고 성사시킨 것이 그들 부부를 파멸
　　로 이끄는 것을 알게 된다 (M).

80. 맥베스가 자신이 고함 친 것을 완전히 잊고 있다.

부인 그래요.

맥베스 쉿! [둘이 귀를 기울인다.]

두 번째 방에는 누가 자고 있소?

부인 도널베인.

20 **맥베스** 이 무슨 끔찍한 꼴인가.[81] [오른손을 뻗는다.]

부인 끔찍한 꼴이라니. 그런 어리석은 말씀을 하시다니요.

맥베스 한 쪽은 잠결에 껄껄대며 웃었고, 한 쪽은[82] 소릴 쳤소.

'살인이야!' 라고.

그리고는 서로가 서로를 깨웠소. 나는 서서 둘의 말을 들었소.

그러자 그들은 기도문을 외고, 몸을 추스르고는

다시 잠이 들었소.

25 **부인** 그 방에는 둘이 함께 자고 있었어요.

맥베스 한 쪽이 '우리에게 은총을 내리소서!' 하자 '아멘' 하며 다른 쪽이

응답했소. 마치 사형집행인의 손[83]을 한 나를 본 듯했소.

겁에 질린 기도를 들으며, '은총을 내리소서!' 할 때,

난 '아멘'을 못했소.

부인 그걸 그리 깊이 생각지 말아요.

---

81. 1막 2장에서 관객들은 온 몸이 반역자와 적군의 피로 물든 충성스러운 맥베스의 모습에 대해 들었다. 무대 위에서 관객들이 피에 젖은 맥베스를 처음 보는 순간이다. 다만 피의 주인이 다르다.

82. 옆방에서 자고 있는 도널베인과 맬컴 형제. 부왕이 살해되는 동안 반쯤 잠이 깬 두 아들의 모습이 이 상황이 빚어내는 공포에 그 깊이를 더 한다 (Chambers).

83. 사형집행인의 임무는 유혈 낭자한 것이었다. 교수대에서 사형수의 사지가 토막 나고, 내장들이 적출되어 군중들 앞에 전시되었다 (L).

맥베스 허나 내가 왜 '아멘'이라고 말하지 못했을까?   30

나야말로 신의 가호가 가장 필요한 인간인데, '아멘'이

목구멍에 걸려 나오질 않았소.[84]

부인   이런 일들을 그리 생각해선

안돼요. 그렇게 생각하면 우린 미치게 될 것입니다.

맥베스 외치는 소리를 들은 것 같아. '더 이상 잠 잘 수 없다!'[85]

맥베스가 잠을 죽였다'[86]라고 - 그 순전한 잠,   35

근심걱정의 엉킨 실타래를 풀어 단정히 빗어주는 잠,

매일의 삶의 죽음, 고된 노동의 피로를 풀어주는 목욕.

상처 입은 마음을 치유하는 향유이자, 대자연이 베푸는 두 번째 코스,

인생의 향연에서 으뜸의 자양분인 잠을. -[87]

---

84. 1막 7장 6행 이하에서 맥베스가 드러내었던 두려움이 현실화되기 시작한다. 그가
결행한 일이 전혀 종결(1.7.6)되지 않은 것이다. '아멘'을 말하지 못하는 것은 단순
히 그가 신의 은총에서 벗어났기 때문만이 아니라 그가 결행한 일이 종결되지 않
았기 때문이다 (C).
85. 'Sleep no more!'. 불면은 「맥베스」의 주요 모티브 중의 하나 (W). 맥베스의 불면
은 그가 자연의 흐름에서 벗어났음과, 헤커티와 타퀸과 동류가 된 것, 그리고 늑대
와 올빼미 등과 동류가 되었음을 확인하는 증표 (L).
86. 'Macbeth does murther, Sleep'. 잠자는 던컨을 살해한 것이 잠재되었던 도덕률을
일깨워 잠을 죽인 것으로 치환된다. 잠을 죽였기에 맥베스에게 더 이상 잠이 찾아
오지 않는다. 이 불면의 예언은 이후 극의 주된 이미지로 굳어진다. (3막 2장
17-19, 3막 4장 140, 3막 6장 34, 5막 1장). 홀린셰드에서 케니스 왕(King
Kenneth)이 조카를 살해한 후, 유사한 비난의 소리를 환청으로 듣는다.
87. 삶의 향연은 두 코스(2품 요리)로 구성되어 있다. 즉, 음식과 잠이다. 맥베스는 두 번
째 코스(잠)가 첫째 코스(음식)보다 인간의 본성에 더 유익한 것으로 간주한다. 엘리
자베스 시대의 저녁식탁에서 더 중요하고 실속 있는 부분은 두 번째 코스였다 (K).

| 부인 | 무슨 말씀을 하시는 겁니까? |

40 **맥베스** 그 소린 지금도 '이제부턴 잠들 수 없다!'고 온 집안에 외치고 있소.
'글래미스가 잠을 살해했으니, 코더는 다시는 잠을 이룰 수
없다. 맥베스는 영영 잠을 이룰 수 없다!'고.

부인 그렇게 외친 자가 누구였나요? 이럴 수가, 영주님,
그렇게 어리석게 생각하시면 고귀한 기력을
45 다 잃게 될 것이에요. 가셔서 물을 좀 가져다가
당신 손에 묻은 이 더러운 증거들을 씻어 버리세요. ―
그곳에 있던 단검들은 왜 가지고 오셨습니까?[88]
그것들은 거기 있어야 돼요. 자, 가져가서 잠자는
시종들에게 피 칠을 해 놓으세요.

맥베스 다시는 가지 않겠소.
50 내가 저지른 일을 생각하면 두렵소.
그걸 또 보는 건 감히 못할 일이오.

부인 의지가 이리 나약하셔서야!
칼들을 이리 주세요. 잠든 자와 죽은 자는
그림에 불과해요. 그려진 귀신을 보고 두려워하는 건
아이들뿐이에요. 그가 아직도 피를 흘리고 있으면,
55 그 피를 시종들의 얼굴에 바를 거예요.

---

88. 계획대로 일이 처리되지 않은 것을 맥베스 부인이 처음 인식하는 순간. '부인이 단
검들을 이렇게 늦게 발견하는 것을 부자연스럽지 않게 실연해 내는 일이 쉽지 않
은 일이다. 20행과 27행에서 단검들은 맥베스의 한 손에 쥐어져 등 뒤에 숨겨져
있었을 것이다. 45-6행에서 맥베스가 등 뒤에 붙들고 있던 칼들을 앞으로 내밀고
부인이 그것을 목격하게 된다 (M).

그자들의 죄로 보이게 해야 하니까요.⁸⁹

[부인, 계단 위로 올라간다. —안쪽에서 문 두드리는 소리.]

맥베스　　　　　　　　어디서 저렇게 문을 두드려 대는가?

소리만 나면 이렇게 혼비백산하니, 내가 어떻게 된 건가?

이 손들은 무슨 꼴인가? 하! 이것들이 내 눈알을 뽑는구나.⁹⁰

위대한 넵튠이 다스리는 대양의 온 바닷물이 이 피를 내손에서

씻어낼 수 있을 것인가? 아니다. 도리어 나의 손이　　　　　　60

거대한 대양을 핏빛으로 물들이고,

푸른 바다를 새빨갛게 바꾸어 놓을 것이다.

맥베스 부인 다시 등장. 안쪽 문을 닫는다.

부인　제 손들도 당신과 같은 색깔이예요. 그러나

제 심장은 하얗게 질리진 않을 거예요. [문 두드리는 소리.] 남쪽

문을 두드리는군요. —방으로 드십시다.　　　　　　65

물만 좀 있으면 우리 몸에서 우리 행위를 씻어낼 수 있어요.

얼마나 쉬운 일이예요! 당신의 단호한 의지가

당신을 홀로 두고 떠나 버렸군요. —

[문 두드리는 소리] 쉿! 또 두드리는군요.

---

89. I'll gild the face of the grooms withal, for it must seem their guilt. gild는 '피로
더럽히다'의 의미. gild와 guilt가 조성하는 동음이의(同音異義)가 이 순간의 긴장 중
에 특색을 이룬다. 맥베스 부인에게 죄는 '피로 더럽히는 것'(gild)—물로 씻어 낼
수도 있고 색칠할 수도 있는 것이다 (Cleanth Brooks).
90. Matthew 18:9, Luke 9:34-6 참조.

실내복으로 갈아입으세요. 행여나 누가 불러 나갈 때 우리가 자고 있지 않았다는 것을 보이면 안 되니까요—그렇게 처량하게 망연자실해 계셔서는 아니 됩니다.

맥베스 저지른 짓을 생각하느니, 자신을 잊는 편이 더 낫겠소.⁹¹

[문 두드리는 소리]

할 수만 있다면, 문 두드리는 소리로 던컨 왕을 깨워라!

[퇴장.]

---

91. To know my deed, 'twere best not know myself. 부인의 말에 대한 답이지만, '내 행위의 본질을 인식하느니보다 영원히 정신을 잃는 것, 자신을 격리시키는 것이 낫다'의 의미에 부합하는 독백이다 (M).

3장[92]

[같은 곳.]

문지기 등장.

[안에서 문 두드리는 소리. 술 취한 문지기 등장]

문지기[93] 누가 문을 두들기는군, 그렇군! 누구든 지옥의 문지기라면

죽어라고 열쇠 돌려대야 되겠구먼.

[문소리] 쾅쾅, 쾅쾅, 쾅쾅. 사탄의 왕 벨저버브의 이름으로

묻겠다, 게 누구냐? – 농부로구나.

풍년들 것 같아 목매달아 죽은 놈이군.[94] 들어오너라.   5

---

92. 이 장은 저급함으로 인해 때때로 비(非)셰익스피어적인 것으로 여겨졌다. 그러나
 문지기 장면은 전형적인 엘리자베스 시대의 '멸망과 그 선례를 소재로 하는' 더블
 테이크(double-take)의 원형이며 '신분 풍자'(Estates-satire)의 전통에 근거하고 있
 다. '신분풍자'를 통해 모든 직업군들 중 상당부분의 직업이 탐색되고, 매도되었으
 며, '더블 테이크'는 자신의 멸망을 처음에는 인식하지 못하다가 갑자기 알아듣고
 화들짝 놀라는 희극적 기법이다. 지옥문의 문지기는 중세 연극의 등장인물이며 성
 베드로와 '지옥의 정복'에 등장하는 예수의 적대자이다.
93. "나는 문지기의 이 저급한 혼잣말과 이후의 대사들은(1~17) 하층민 관객들을 위
 해 아마도 셰익스피어의 허락 하에 제삼자에 의해 쓰여 졌다고 믿는다"(STC).
 "이 장면이 없으면 맥베스가 옷을 갈아입지도, 손의 피도 씻을 수 없다"(Capell)
94. 언급된 농부는 가난한 자들의 수요에 아랑곳 하지 않고 가격이 상승할 것을 바라고
 밀을 쌓아두었다. 그러나 다음해에 풍작이 확실해지자 가격하락 전망에 절망하여
 자살해 버렸다. 중세 이래로 농작물에 대한 투기는 흥미를 끄는 고발 건(件)이었다

이 농부야.[95] 손수건이나 충분히 챙겨두시지. 여기선
땀 깨나 흘릴 터이니. [문 두드리는 소리] 두드려라, 쾅쾅. 다른
악마의 이름에 대고 묻노니,[96] 거기 누구냐? ― 옳거니, 저울
이쪽저쪽에 상반된 맹세를 하고, 애매한 말로 사람 속이는
거짓말쟁이로구나.[97] 하나님의 이름 팔아 대역죄는 저질렀지만
헷갈리는 말로 하늘을 속여 천국에 갈 수는 없지.
오! 들어오너라, 애매한 말로 거짓말하는 놈아. [문 두드리는 소리]
두드려라. 쾅쾅, 쾅쾅, 거기 누구냐? ― 그래, 프랑스식

(K). 직업의 비윤리성을 강조하기 위한 허구이다.

95. time-server. 셰익스피어의 실사본에는 time만 있고 뒤의 단어가 없다. time-pleaser
는 크라베(H.Krabbe)의 추측. 윌슨(Wilson)은 '농부'의 의미인 'time-server'를 주
장한다. 이후 두 번이나 계속된 "들어오너라"(come in) 뒤에 특정인물이 언급된 것
으로 보아 여기서 절기를 잘못 계산한 것과 관련된 말과 함께 농부를 불러 들였을
것이다 (James Darmestetter). 그러나 time-server가 계절의 변화에 따라 시간에 순
응해야하는 농부에게 적절한 명칭이고, waiter의 의미인 server가 뒤이어 나오는 손
수건과 연결되어 농부에게 적절하지만 셰익스피어가 'server' 혹은 'time-server'를
사용하지 않았다. 그러나 『코리오레이너스』(Coriolanus) 3.1.45에서 'time-pleaser'가
두 번 사용되었고 농작물인 '옥수수'(corn) (43)가 언급된 직후였다 (M).
96. 문지기가 다른 악마의 이름을 기억해내지 못 한다 (M).
97. Equivocator. 진실을 숨기기 위해 두 가지 의미를 지닌 말을 사용하는 자. 여기서는
예수회(Jesuits) 신부들을 가리키며, 특별히 영국 예수회 대교구장이었던 헨리 가넷
(Henry Garnet)을 지칭한다. 1606년 3월 28일 폭약음모사건(Gunpowder plot)에
연루된 것으로 재판을 받고, 애매한 어법을 구사한 것을 자백한 후 5월 3일에 교수
형을 당한다. 헨리 가넷은 심문을 당하는 동안 자신이 무죄임을 고수하기 위해 애
매한 대답을 할 권리를 주장했다. 이 어휘는 1605년 폭약음모사건 이후 심문이 진
행되는 동안 일반에 회자되었다 (EV). 헨리 가넷의 가명(假名)이 'Mr. Farmer'였다.
상세한 내용은 이 책 205~207쪽을 참조할 것.

바지 만들며 옷감 속여 뒤로 챙긴 영국 양복쟁이로구나.

들어오너라, 양복쟁이야.[98] 여기선 다리미 달구기 좋을 것이다.   15

[문 두드리는 소리] 쾅쾅, 쾅쾅. 조용할 틈이 없네! 넌 뭐냐? — 그런데

   지옥치고는 이놈의 곳이 너무 춥단 말이지.[99] 지옥 문지기

노릇은 더 이상 못해 먹겠다. 환락의 길을 헤매다가 영원한

지옥불로 굴러 들어온 놈들이면 직업 불문하고 다 쳐 넣으려

했는데, 그게 아니더란 말씀. [문 두드리는 소리.] 간다. 지금 가. 제발   20

이 문지기한테 적선하는 것이나 잊지 마시길.[100] [문을 연다]

맥더프와 레녹스 등장.

맥더프 이 사람, 이렇게 늦잠을 자는 걸 보니,

   간밤에 늦게 잠자리에 든 게로군?

문지기 그랬습죠, 나리. 닭이 두 번 울 때까지 진탕 퍼마셨습죠.

   근데 음주는, 나리, 세 가지를 크게 충동질하는 놈이올시다.   25

---

98. 양복쟁이들이 옷감을 재단하는 과정에 고객들이 맡겨둔 옷감의 일부를 훔치는 것
   은 당시 널리 알려진 관행이었다. 프랑스식 바지는 꽉 끼는 형태였으므로 옷감이
   많이 들지 않는다. 따라서 옷감을 횡령하기 위해 정교한 도둑질이 행해졌다 (K).
99. But this place is too cold for Hell. 술이 깨기 시작한 문지기가 갑자기 추위를 느낀
   다. 셰익스피어가 단테의 신곡 「지옥편」(Inferno) 32-35편에 대해 알지 못한 듯하
   다. 이 「지옥편」에서 인척, 국가, 친구들과 손님들, 영주들, 그리고 은혜를 베푸는
   자들에 대한 반역자들은 지옥의 9층, 즉 얼어붙은 원형의 지옥에서 고문 받는다. 맥
   베스는 인척인 던컨 왕, 조국 스코틀랜드, 친구인 뱅코우, 자신의 손님인 영주들, 그
   리고 은혜를 베푸는 던컨 왕, 이 모든 인물과 국가에 대한 반역자이다 (M).
100. Remember the Porter. 문지기에게 팁 주는 것 잊지 말라는 말. 이 대사를 뱉으며
   문지기가 구걸하느라 손을 내밀거나 모자를 내밀었을 것이다 (W).

맥더프 음주가 특별히 충동하는 세 가지가 무엇인가?

문지기 맹세코, 나리, 빨개진 코와 잠과 오줌이지요. 술은, 장군님,

색욕을 불끈 솟구치게도 하고, 가라앉게도 하지요.

술은 마음을 끓어오르게도 하지만 실행할 기력을 앗아가 버립죠.

30 그런고로, 고주망태가 되는 것은 색욕에다 이중으로 애매한

말을 하는 거짓말쟁이라 할 수 있습죠. 말하자면, 술은 사내놈을

분기시켰다가, 맥 빠지게 하고, 기운을 불어넣는가 싶으면

싹 빼버리곤 합죠. 달래고 어르다가 낙담시키고, 일으켜 세웠다간

주저앉히곤 하지요. 결국, 술은 사내놈을 속여 잠들게 하고,

35 오줌이나 누게 해놓곤 내팽개쳐 버리지요.

맥더프 그래서 간밤에 질펀하게 마신 술이 자넬 내팽개쳐 버렸군.[101]

문지기 그랬습죠. 나리, 그놈의 술이 작심하고 소인을 희롱했습죠.

허나 그놈의 거짓말에 소인이 앙갚음을 했습죠. 왠고하니,

소인이 술에는 강한지라, 그놈이 더러 내 다리를 움켜잡았지만,

40 결국 소인이 그놈을 바닥에 내리 꽂았더란 말씀.[102]

맥더프 주인나리께서는 일어나셨느냐?

맥베스, 실내복을 입고 등장

문 두드리는 소리에 깨셨군. 영주님께서 오십니다.

---

101. Drink gave thee the lie last night. give one the lie는 최소한 세 가지 동음이의
(pun)를 지닌다. ① 레슬링에서처럼 제압해서 눕히다. ② 잠에 떨어지게 하다.
③ 오줌 누게 하다 (EV).
102. 음주의 영향이 레슬링 경기의 동작들로 묘사됨.

레녹스 밤새 편안하셨습니까, 영주님!

맥베스   두 분도 편안하시지요!

맥더프 전하께서는 기침하셨는지요, 영주님?

맥베스   아직 아니하셨소이다.

맥더프 전하께서는 신에게 일찍 오라고 분부하셨소이다.   45

        자칫 했으면 늦을 뻔했소이다.

맥베스   장군을 전하께 안내해 드리지요.

                [그들은 안쪽 문으로 들어간다.]

맥더프 이런 일이 영주님에게는 즐거운 수고인줄 알고는 있소만,

        그래도 수고는 수고지요.

맥베스 즐기며 하는 수고는 수고랄 것도 없소이다. 여기가

        침소로 통하는 문입니다.   [손으로 가리킨다.]

맥더프   무엄하지만 들어가 보아야 겠소이다.   50

        특별한 어명을 받은 바 인지라.[103]

레녹스 전하께서는 오늘 여길 떠나시는지요?

맥베스   그렇소. ─ 그리 하시기로 되어 있소.

레녹스 지난 밤은 예사롭지 않은 밤이었소. 우리가 머물렀던 곳에서는

        굴뚝들이 바람에 불려 쓰러졌소이다. 사람들의 말로는

        허공에서 곡성이 들렸고, 괴이한 죽음의 비명이 들렸으며,   55

        비참한 시대에 끔찍한 소동과 혼란스러운 변고가

        새로이 발생할 것이라고 예언하는 무서운 소리들이

        들렸다고도 하고, 올빼미도 밤새도록 울었다고 하더이다.

---

103. 간밤에는 뱅코우가 왕을 보필했고, 아침에는 맥더프의 차례이다 (W).

어떤 이들은 땅이 학질에 걸린 것 같이

부들부들 떨었다고 하더이다.[104]

60 **맥베스**   험악한 밤이었소.

레녹스 내 젊은 기억으로는 어젯밤과 견줄만한 밤은

없었소이다.

맥더프가 다시 등장

맥더프 오, 무서운 일! 무서운 일! 무서운 일이오!

혀나 마음으로 생각할 수도, 형언하지도 못할 일이오!

맥베스, 레녹스 어찌된 일이오?

65 **맥더프** 파괴가 이룰 수 있는 극단의 대작을 이루어 냈소이다!

신성모독의 대역무도한 시해가 성유를 뿌린

전하의 옥체[105]를 파괴하고, 그 신전에서 전하의

생명을 훔쳐가 버렸소이다!

맥베스   뭐라고 하셨소? 생명이라니요?

레녹스 전하의 생명을 말이오?

---

104. 레녹스의 이 대사와 2막 4장 노인의 대사는, 중세인들의 신념에 부응하며, 군주
의 시해에 동반되는 우주적, 사회적 격동의 징후와 전조(前兆)의 배경이 된다.
105. The Lord's anointed Temple. '…여호와의 기름부음을 받은 자'(The Lord's
anointed)(1 Samuel 24:10), '우리는 살아계신 하나님의 성전'(We are the temple
of the living God)(2 Corinthians 6:16). 사무엘 서에서 다윗은 자기를 죽이려고
추격하는 사울 왕이 굴에서 용변을 보는 사이에 그의 겉옷 일부만 베고 생명을 해
치지 않는다. 이후 사울 왕에게 '사울 왕이 여호와의 기름부음을 받은 자'이기에
그를 해치지 않았다고 항변한다. 제임스 1세가 선호했던 왕권신수설의 한 단면.

맥더프 침소로 가시오. 가서 새로 태어난 끔찍한 고르곤을   70

보시고[106] 소경이 되시오. ─나더러 말하라 마시고,

보신 후에, 경들이 말하시오 ─

　　　　　　[맥베스와 레녹스 올라간다.] 일어나시오! 일어나!

경종을 울려라. ─ 살인이다, 반역이다!

뱅코우, 도널베인 왕자님! 맬컴 왕자님, 일어나시오!

죽음의 모조품인, 솜털 같은 잠을 떨쳐내시고,[107]   75

죽음의 참모습을 목격하시오! ─ 일어나시오, 일어나, 보시오

최후 심판 날의 참상을! ─ 맬컴 왕자! 뱅코우!

이 무서운 광경에 어울리도록, 무덤에서 일어나,

유령처럼 걸어 나오시오!   [종이 울린다.]

　　　　　맥베스 부인, 실내복을 입고 등장

---

106. 고르곤 메두사(Gorgon Medusa). 3인 자매의 고르곤 중 한 명. 아름다운 처녀로 금발을 자랑으로 삼았으나, 그 금발로 해신 포세이돈을 붙잡아 아테나 신전에서 정을 통한 것으로 신벌(神罰)을 받아 머리털이 모두 뱀이 되고, 보는 자는 공포로 인해 돌이 되었다. 영웅 페르세우스에 의해 목 베임을 당한다.

107. 맥더프가 엘리자베스 시대 극장의 후면 상층 무대 위에 서서 "최후 심판 날의 참상"을 목격하라고 "집안의 잠자는 사람들"을 소리쳐 불러댄다. 잠옷 차림으로 무대 위의 여러 출입구로부터 나와 무대 위에 모여 있는 인물들은 최후의 심판 날에 무덤으로부터 일어나는 유령들과 시각적 유사성을 띤다. 그리고 무대 위의 이 미지는 맥더프가 그려내는 언어적 이미지를 보완해주고 있다 (David E. Jones, *The plays of T.S. Eliot,* 1960). 맥베스 부인이 최후의 심판을 상기시키려는 듯 73행에서 맥더프가 울리라고 고함쳐서 울리기 시작하는 종소리를 80행에서 '소름 끼치는 나팔 소리'(hideous trumpet)로 바꾸어 말한다.

부인   무슨 일이기에, 이렇게 소름끼치는

80   나팔을 불어 집안의 잠든 사람들을 다 불러내시는

             것입니까? 말씀하세요, 말씀하세요!

맥더프   오, 인자하신 부인,

             내가 하는 말은 부인께서는 들으실 말이 아닙니다.

             여자의 귀에 이 말이 되풀이되면

             그 순간 생명을 앗아갈 것입니다.

             뱅코우, 옷을 절반쯤 걸친 채 등장

                                오, 뱅코우! 뱅코우 장군!

             전하께서 시해당하셨소!

85   **부인**   이런, 이런 일이!

             뭐라구요! 저희 집에서?[108]

뱅코우   너무도 잔혹한 일이요, 장소가 어디든.

             맥더프 공, 제발 부탁이니, 공이 하신 말을 부정하시고,

             아니라고 말해주시오.

             맥베스와 레녹스 다시 등장

맥베스 이 참사가 일어나기 한 시간 전에만 이 몸이 죽었던들,

90   나는 축복받은 삶을 마감했을 것이오. 지금 이 순간부터,

---

108. 왕의 시해라는 사안의 엄중성을 간과 한 채 부차적인 장소를 물은 것은 부인의
      말실수이다. 뱅코우가 한순간 부인을 경원(敬遠)시 한다. 그러나 킷트릿지는 순진
      한 안주인이 드러낼 수 있는 자연스러운 표현으로 생각한다 (M).

우리의 삶속에 의미를 지닌 건 아무것도 없소.

만사는 하찮은 장난감에 불과한 것. 명예와 미덕은 죽어

사라졌소. 생명의 포도주는 다 쏟아졌고, 술 창고에는

술 찌꺼기만 남아 뽐내고 있소이다.[109]

맬컴과 도널베인 등장

도널베인 무슨 변고입니까?

맥베스 　　　　두 분께 생긴 변고인데, 두 분이 모르시다니. 95

왕자님들의 혈통의 샘이, 근본이, 원천이

멈췄소이다. 바로 그 혈통의 근원이 끊어졌사옵니다.

맥더프 부왕께서 시해당하셨소이다.

맬컴 　　　　　　　오! 도대체 누가?

레녹스 전하의 침소를 지키던 자들의 소행인 듯하옵니다.

그자들의 손과 얼굴은 온통 피투성이가 되어 있었고 100

그자들의 단검도 피 묻은 채로 놈들의 베개 위에서

발견되었사옵니다. 놈들은 멍하니, 정신 나간 듯 보였나이다.

---

109. 브래들리(Bradley)는 '속일 의향으로 이 말을 뱉지만 동시에 이 말은 그의 가장 깊은 충심에서 우러나는 감정을 토로한다'고 지적한다 (*Shakespeare's Tragedy*, p.359). 덧붙이면, 맥베스는 자신이 뱉는 말의 진실을 의식하지 못했다. 머리(Murry, *Shakespeare*, 332)는 의견을 달리한다. '아이러니는 섬뜩하다. 왜냐하면 맥베스가 자신이 뱉는 말의 의미를 의식하지 않을 수 없기 때문이다. 그는 던컨 왕에 대한 전통적인 애도를 표하는 가공할 위선을 드러내고 있으나, 말들이 그의 입술을 떠나는 순간 그 말들의 취지가 변하면서 자신을 덮치는 운명이 된다. 그는 '진실을 말하는 것처럼 거짓말을 하는 악마의 이중의 의미로 말하기'(5.5.43-4)의 도구가 된 것이다 (M).

사람의 목숨을 맡길만한 위인이 못되었나이다.

맥베스 격분해서 그자들을 베어 버린 것이

후회막급이옵니다.

105 **맥더프**   왜 그리 하셨소?

맥베스 누가 과연 한순간에 혼돈 중에 지혜롭게, 격분하며 침착하게,

충정에 불타오르며 냉정할 수 있겠소? 그런 사람은 없소.

열렬한 충정에서 나온 조급함이 주저하는 사리분별을

앞지르고 말았소이다. ㅡ이 편에 던컨 왕이 누워계셨고,

110 전하의 은빛 피부는 황금빛 선혈로 수 놓여 있었으며,

옥체에 깊이 베인 칼자국들은 대지에 생긴 파열구인 양[110]

파멸의 입구 같았소이다. 저 편에는 시역자들이,

그들이 저지른 패역의 색깔로 물들어 있었고, 그자들의 단검은

단정치 못한 바지를 입은 듯 엉긴 피가 칼집을 이루고 있었소이다.

115 가슴속에 충정을 품고, 그것을 옮길 용기를 지닌 자라면,

어느 누가 충정 드러내기를 주저하겠소이까?

부인   여기 절 좀 도와주세요, 어서!(111)

---

110. breach. 성벽 따위의 터진 곳, 파열구. 성을 공략할 때 공격자들은 파열구를 만들어
그곳을 통해 성내로 침입해 도시를 파괴했다. 바지(breech)와 동음이의를 이룬다.

111. 윌슨(John D. Wilson)이 편집한 판본(*Macbeth: The New Shakespeare*)에는 부인의
이 대사 앞 여백에 [기절을 가장하며](Seeming to faint)라는 무대 지시문이 있고,
이 지시문에 대한 월톤(J.K Walton)의 다음과 같은 언급이 각주에 인용되어 있
다. '맥베스 부인이 실제로 기절한 것인지 혹은 기절을 꾸미는 것인지에 대해 많
은 논란이 야기되어 왔다…극의 주요 주제를 염두에 두고 이 의문을 저울질 하
면, 우리는 그녀의 기절이 사실임을 알게 된다. 그녀는 남편이 자기 통제력을 상
실했다는 것을 인지하는 순간 기절하는 것이다'('*Macbeth*', *Shakespeare in a*

맥더프 부인을 돌보시오.

맬컴 [도널베인에게 방백] 우린 왜 입을 다물고만 있는가, 이 사태를 논할
권리가 누구보다도 우리에게 있는데?

도널베인 [맬컴에게 방백]　　　　　여기서 무슨 말을 할 수
있겠소. 우리의 운명이, 송곳 구멍에 숨어 있다가 달려 나와　　　　120
우릴 채갈지도 모르는 이곳에서? 여길 뜹시다.
눈물 흘릴 때가 아니오.

맬컴 [도널베인에게 방백]¹¹²　　　가슴 미어지는 비탄도
지금은 드러낼 때가 아니다.　　　　　　　　　　[시녀들 등장.]

뱅코우 [시녀들에게 지시한다.]　　　부인을 돌보아 드려라.

　　　　　　　　　　　　　　　　[맥베스 부인 부축 받고 나간다.]
그리고 우리도 밤바람에 무방비인 우리의
벗은 몸을 가린 후에, 만나서　　　　　　　　　　　　125
이 극악무도한 시역 행위의 진상을 샅샅이 밝혀내도록
하십시다. 두려움과 의혹이 우릴 뒤흔들고 있소.
나는 하나님의 위대한 손길에 의지하여,
드러나지 않은 흉악무도한 대역의 음모¹¹³에 대항해

Changing World, 116). 한편 부인이 남편의 말이 길어짐에 따라 그가 통제력을 잃
어 자신의 내부를 드러낼 것이 두려워 남편의 말을 막고 주위 사람들의 관심을
자신에게 돌리려 기절을 가장할 수 있다.
112. 이 방백들은 맥베스 부인이 기절(실제일 수도 있고, 꾸민 것 일 수도 있는)에서 깨
어나고 있는 동안 교환된다. 따라서 맥더프의 "부인을 돌보시오"와 맬컴의 첫 방
백 사이에 상당한 대사의 공백이 있어야 할 것이다. 도널베인이 자신과 맬컴의 태
도를, 맥베스 부부의 미심쩍고 꾸민 것 같은 정서와 대비시키고 있다 (M).

싸울 것이오.

맥더프　　　　　나 역시 그리하겠소.

130 **모두**　　　　　　　우리도 그리하리다.

맥베스 그럼 급히 의복을 갖추고

회의장에서 만나도록 하십시다.

모두　　　　　　　그리 하십시다.

[맬컴과 도널베인만 남고 모두 퇴장.]

맬컴 너는 어찌 할 테냐? 저 자들과 어울려서는 안 된다.

진심이 아닌 슬픔을 나타내는 것은 위선자라면

135 쉽사리 할 수 있는 일이다. 난 영국으로 갈테다.

도널베인 난 애란으로 가겠소. 헤어져 살아야 할 운명이

우리를 그나마 안전하게 지켜줄 것입니다. 이곳에는

사람들의 미소 속에 칼날이 숨겨져 있어요. 가까운 혈육일수록,[114]

우리를 더 죽이려 들 것입니다.

맬컴　　　　　　　활시위를 떠난 시역의 화살은

140 아직 땅에 떨어지지 않았다. 그러니 우리로서 가장 안전한

길은 화살이 겨냥하는 목표물이 되지 않는 것이다. 그러니,

말을 타자. 작별인사 하느라 격식 차릴 것 없이

그냥 빠져 나가도록 하자. 자비라고는 없는 곳에서

남몰래 빠져나가는 것은 정당한 도둑질이다.　　　　[퇴장.]

---

113. 뱅코우는 맥베스가 맬컴 왕자를 죽일 것이라고 두려워하는 듯하다 (**M**).

114. 도널베인이 염두에 두는 자는 맥베스이다. 맥베스는 던컨의 인척이다.

4장

[인버넌스, 맥베스의 성 밖. 낮이 괴이하게 어둡다.][115]

로스와 노인 한 명 등장.

노인 이 늙은이는 칠십 평생에 겪었던 일을 제대로 기억하고 있소이다.

두꺼운 책과도 같은 그 세월동안 이 늙은이는 끔찍한 시절들,

그리고 괴이한 일들을 지켜보았으나, 소름끼치는 지난밤은

옛날의 경험들을 하찮은 것으로 만들어 버렸소이다.

로스   그렇소이다. 노인장,

보시는 바와 같이 하늘도 인간의 소행으로 인해 고통스러워하는 듯, 5

유혈낭자한 살육의 무대를 위협하고 있소. 시각은 낮인데

암흑의 밤이 운행하는 태양의 목을 조르고 있소이다.

생동하는 햇빛이 온 땅을 비춰야할 시각에

---

115. 리델(Liddell)이 인지한 바대로 이 장면은 희랍 비극의 코러스의 장이다. 여러 불
길한 징조들을 내세워 이 장은 던컨 왕 시역이 자연법칙에 반(反)한 변고임을 강
조하며 맥베스의 획책이 성공을 거둔 것과 맥더프의 고결함을 관객들에게 알려준
다 (M). 홀린셰드의 『역사서』에서는 더프 왕(King Duff)이 시역당한 이후 천재
지변을 다음과 같이 기술하고 있다. '여섯 달 동안 국토의 전 영역에서 해도 달도
뜨지 않았다. 하늘은 구름으로 뒤덮였으며 때때로 번개와 폭풍을 동반한 광풍이
일어나 사람들은 임박한 멸망에 대한 극도의 두려움에 떨었다. 아름다운 자태와
빠르기를 자랑하는 준마들은 자기들의 살점들을 서로 뜯어먹었고, 매들은 올빼미
에 채여 목 졸려 죽었다.'

암흑이 온 땅을 매장시켜버린 것은, 밤의 악행이 승리한 까닭일까요,

아니면 낮이 그 악행보기를 수치스러워하기 때문일까요?

10　**노인**　　　　　　　　　　　　그런 변고만큼이나

자연에 어긋난 일이 있었소이다. 지난 화요일,

공중 높이 치솟았던 매가

쥐를 잡아먹는 올빼미에게 채어 죽었소이다.

　　로스　던컨 왕의 말들은 (가장 괴이한 일이오만)

15　훌륭한 준마[116]로서, 최고의 총애를 받았던 바였으나

성질이 돌변하여, 마구간을 부수고, 뛰쳐나가

마치 인간과 전쟁이라도 치를 양으로 복종을 거부했다

하오이다.

　　노인　　　　　그 말들은 서로를 뜯어 먹었다고 하더이다.

　　로스　그랬소이다. 그 광경을 목격한 저의 눈은

대경실색했소이다.

맥더프 등장[117]

20　　　　　　　　　　맥더프 장군이 오시는군요.

지금 세상은 어찌 돌아가고 있소이까, 장군?

맥더프 [하늘을 가리키며]　　　　　　　　아니, 모르셨소?

---

116. 올빼미와 말들은 왕을 죽인 반역자를 상징한다.

117. 맥더프는 2.3.125-32에서 언급된 회의에 참석하고 돌아왔다. 그는 던컨 왕 시해
사건과 왕위 선출에 대한 맥베스의 해명을 받아들이도록 강요받은 것으로 추정되
나, 의심에 쌓여있고 로스에게도 속마음을 드러내지 않는다 (Chambers).

로스 이 잔인무도한 시역을 저지른 자가 누구인지 밝혀졌소이까?

맥더프 맥베스 장군이 베어 죽여 버린 자들이올시다.

로스   저런, 세상에!

무얼 얻겠다고 그런 짓을 했답니까?

맥더프   사주를 받았소이다.

왕의 두 아들 맬컴 왕자와 도널베인 왕자가 남몰래   25

빠져나가 도망쳐 버렸다고 하는데, 그 일로 두 왕자님이

이 시역을 행한 혐의를 받고 있소.

로스   천륜에 어긋나는 일이요.

자신들의 생명의 근원까지 집어 삼키는

절제 없는 야심이오! ─ 사정이 이러하면 왕권이

맥베스 장군에게 돌아가는 것은 거의 정해졌소이다.[118]   30

맥더프 그 분은 이미 추대되어, 대관식을 올리기 위해

스쿤[119]으로 떠났소이다.

로스   던컨 왕의 유해는 어디에 모셔졌소이까?

맥더프 콤킬[120]로 운구되었소이다.

선왕대대로 이어졌던 묘소이며,

---

118. 홀린셰드에 의하면 던컨 왕과 맥베스는 맬컴왕 2세의 큰아들과 작은아들의 아들들, 즉 이종손자들이다. 따라서 도널베인 이후의 왕위 승계권이 맥베스로 정해져 있었다.

119. 스코틀랜드 왕들의 대관식이 거행되었던 곳.

120. Colme-kill. 혹은 Saint Colme's-kill. 코룸바(Columba)의 묘지. 지금은 아이오나(Iona)라고 불리는 섬. 성자 코룸바의 수도원이 있었으며 그와 고대 스코틀랜드의 왕들이 장사된 곳으로서 973년에서 1040년까지 스코틀랜드 왕실의 묘지.

그들의 유해가 안장된 곳이지요.

35 **로스**   공은 스쿤으로 가시겠소?

맥더프 아니오, 로스 공. 파이프¹²¹로 갈 것이오.

로스   그러면, 소신은 스쿤으로 가겠소이다.

맥더프 하오면, 그곳에서 만사형통하시길 바라겠소이다. —잘 가시오! —

부디 우리의 낡은 예복이 새 의복보다 입기에 더 편안하지는

않길 바랄뿐이오!¹²²

로스 잘 가시오, 노인장.

노인 두 분 나리들께, 또한 악을 선한 것으로, 적들을 친구로

40   삼으려는 이들에게 하나님의 축복이 함께 하시길!

[퇴장.]

---

121. 맥더프는 파이프(Fife)의 영주이다.
122. 은근하지만 맥베스를 향한 명백한 비난이다. 의상의 이미지가 관직 서임식에 착
     용할 의상들에 의해 제시되고 있다.

3막

1장

[포레스. 왕실 안의 알현실.]

뱅코우 등장

뱅코우 그대는 이제 마녀들이 약속했던 바, 왕과, 코더와, 그래미스
모두를 다 차지하였다. 그리고 나는, 그대가 그것을
가지려고 최악의 부정한 짓을 했으리라 우려한다. 그러나
그 자리는 그대의 후손에게 이어지지는 않을 터이니
5   내가 수많은 왕들의 뿌리며 아버지가 될 것이라고
예언되었기 때문이다. 만약 마녀들의 말이 실현된다면
(그대에게, 맥베스, 마녀들의 말이 빛을 발했듯)
그대에게 예언이 이루어진 것으로 미루어 보아,
그 예언이 나의 보증이 되지 말라는 법이 어디 있으며, 내가
10   희망을 품지 말라는 법이 있는가?[123] 하지만 쉬, 말은 그만.

---

123. 홀린셰드『연대기』에는 던컨 왕 시해에 뱅코우는 맥베스의 공범이다. 그러나 뱅
코우가 제임스 1세의 선조이기에 극에서는 뱅코우가 일정 부분 존경의 대우를 받
는 것으로 다루어질 수밖에 없었다. 극에서는 순전히 연극적 목적으로 맥베스와
뱅코우를 대비시켰고, 맥베스와 그의 부인에게 다른 공범자를 연루시키지 않았
다. 브래들리는 이 대사가 뱅코우가 시해사건의 방조자가 됐음을 입증한다고 생
각하는데, 뱅코우가 자신의 욕망으로 인해 마녀들에 대해 함구하고 따라서 맥베
스의 혐의를 폭로하지 않는 점들 때문이다 (M).

인물들의 등장을 알리는 나팔소리.
왕이 된 맥베스, 왕비 맥베스 부인,
레녹스, 로스, 귀족들과 수행원들 등장.

맥베스 여기 우리의 주빈이 계시는구려.

부인   이분을 생각지 못했다면

우리의 이 성대한 잔치에 빈틈이 생겨

모든 일이 어긋날 뻔 했사옵니다.[124]

맥베스 오늘밤 왕실 만찬을 베풀고자 하니, 귀공들께서

참석하여 주시기를 바라오.

뱅코우   전하께서는   15

분부만 내리시옵소서. 그 분부에 소신의 의무는

결코 풀리지 않는 매듭으로

영원히 묶여져 있나이다.

맥베스 장군은 오늘밤 말을 달려 행차하신다고요?

뱅코우   그러하옵니다. 전하.

맥베스 그렇지 않았다면 과인은 오늘밤 회합에서   20

(항상 진중하고 그 결과가 유익했던)

장군의 귀한 충언을 들으려 했소이다. 하지만 내일로 미룹시다.

행차하시는 곳이 먼가요?

뱅코우 지금 떠나면, 전하, 만찬 때까지는 돌아올 수 있는

---

124. 말은 정중하나, 짐짓 꾸민 우애의 태도임이 말에 배어 있다. 그녀는 뱅코우의 얼굴을 쳐다보지도 않는다. '뱅코우 다루기를 간과하면 (처치하지 않으면) 계획하고 있는 성대한 잔치를 망칠 수 있다'는 가려진 악의가 이 대사 속에서 감지된다.

25

맥베스   연회에 늦지 않도록 하오.

거리이옵니다. 소신의 말이 좀 더 잘 달려주지
않으면 밤의 어두운 한 두 시간을
빌려야 할 것이옵니다.

맥베스   연회에 늦지 않도록 하오.

뱅코우 전하, 그리하겠나이다.[125]

맥베스 듣자니, 과인의 저 잔인한 친척들은 영국과 아일랜드에
30 몸을 의탁하고는, 저지른 잔혹한 부친살해는 고백하지
않고, 오히려 괴이한 낭설을 꾸며대 사람들에게 퍼트린다고
하오. 허나 그 일은 내일까지 미루어 두었다가,
둘이서 관심을 기울려[126] 상의해야 할 국사가 있으니, 그때,
그 문제와 함께 이야기 하도록 할 것이오. 자, 어서 말에 오르시오.
35 밤에 돌아오실 때까지, 안녕히. 플리언스를 대동하시오?

뱅코우 그렇사옵니다. 전하. 떠날 시간이 되어 이만 물러가옵니다.

맥베스 과인은 장군의 말이 쏜살같고, 발이 튼튼했으면 하오.
그러면 말에 오르도록 하시오.
잘 다녀오시오. –   [뱅코우 퇴장.]
40 이제부터 밤 일곱 시까지는
경들 각기 자유로이 시간을 보내도록 하시오.
경들과의 만남이 더 흥겨워지도록

---

125. 유령이 되어 '연회에 늦지 않'게 도착했다. '아마도 극중 가장 파격적인' 아이러
니의 예 (Bradley)
126. 맥베스가 마치 다른 이들은 공유하지 못하는 둘만의 이해관계가 있는 것처럼 특
별한 방식으로 뱅코우를 자신과 연결시킨다 (K).

과인은 만찬 때까지 홀로 있을까 하오.

그때까지, 잘 지내시기를.

[맥베스와 하인 한 명 외에 모두 퇴장.]

여봐라, 할 말이 있다.

그자들은 대령하였느냐?

하인　　　　　　　　그러하옵니다, 전하.　　　　　　　45

성 문 밖에서 대령하고 있사옵니다.

맥베스　　　　　　　그자들을 들라 하라.

[하인 퇴장.]

이름뿐인 왕은 부질없는 노릇, 두려움 없이 통치해야 한다.

뱅코우에 대한 두려움은

내 속에 뿌리 깊으며, 그의 제왕 같은 성품에는

두려워하지 않을 수 없는 면모가 스며있다. 그자는 매우　　50

대담하다.

또한, 마음속 담대한 기질에 더하여 그자는 자신의 용기를 안전

하게 실천할 지혜도 갖추고 있다.

살아 있는 자 중에 내가 두려워하는 자는 그자뿐이다.

그자의 영향을 받아

나의 수호신은, 전해진 바와 같이,　　　　　　　　　　　55

마치 마크 앤터니의 수호신이 시저의 수호신에 의해

압도당하듯, 압도당하고 만다. 마녀들이 처음 나에게

왕의 칭호를 덧입히자, 그자는 마녀들을 꾸짖고,

자기에게도 예언하라고 명했다. 그러자, 예언자처럼,

그것들은 그자를 후대 제왕들의 선조라고 축복해 주었다.

60 그것들은 내 머리 위에 열매 없는 왕관을 씌우고,

내 손에는 다른 혈통의 손에 의해 빼앗기고

내 자손이 이어받질 못할 불임의 홀을

쥐어 주었다. 사태가 이러하다면,

뱅코우의 자손을 위해 난 나의 마음에 오점을 남겼다.

65 그자의 자손들을 위해 난 인자하신 던컨 왕을 살해하고

내 마음속 평안의 술잔에 쓰디 쓴 원한을 풀어 넣었다.

단지 그자의 자손들을 위해, 나의 영원불멸의 영혼을

인류 공동의 적인 악마에게 넘기고 말았으니, 그자들을 왕으로

만들기 위해, 뱅코우의 씨앗들을 왕으로 만들기 위해서였다!

70 그리될 바에는, 오라, 운명이여, 투기장으로 오라.

거기서 나와 사생결단으로 싸우자! ─ 거기 누구냐? ─

하인, 자객[127] 두 명과 함께 다시 등장.

너는 문간으로 가서, 부를 때까지 대령 하도록 하라.

[하인 퇴장.]

우리가 이야기를 함께 나눈 게 어제가 아니었더냐?

자객 1 그러하옵니다. 전하.

맥베스   그러하다면, 자

75 과인이 한 말을 심사숙고해 보았느냐? ─이제는

---

127. Murderer. 맥베스의 말에 의하면, 직업적 자객이 아니라 뱅코우의 영향력으로 인
    해 그 운이 나락으로 떨어진 보통 병사이다 (Clerendon).

알았느냐, 과거에 너희들을 불행하게 한 자가,

너희들이 오해하고 있는 바와 같이 무죄한 과인이 아니고,

바로 그자였다는 것을? 이 점은 지난 번 만남에서 과인이

진실임을 밝혀 주었다. 너희가 그자로부터 어떻게 기만당했는지,

어떻게 좌절당했는지, 앞잡이가 누구였는지, 그 앞잡이를 누가   80

조종했는지, 기타 모든 것을, 일일이 증거를 대며 입증해

보여주었으니, 반편이거나, 정신이 온전치 못한 자일지라도,

'뱅코우가 그렇게 했다'라고 외칠 것이다.

자객 1   소인들이 알 수 있도록 해주셨사옵니다.

맥베스 그리했다. 그리고 덧붙일 것이 있으니, 그것이 지금

두 번째 회합의 목적이다. 너희들은 이 일을   85

내버려둘 수 있을 만치 그렇게도 인내심이

강하단 말이냐? 너희들은 그 가혹한 손으로 너희들을

무덤으로 끌고 가고, 그리고 너희 가족들을 영원한 거지로 만든,

이 선량한 자와, 그자의 후손을 위해, 기도할 만큼 성경의 명령에

그렇게도 순종적이더냐?

자객 1   저희들은 인간이옵니다.[128] 전하.   90

맥베스 그렇다. 단순히 명부상으로는 너희들도 인간으로 통한다.

마치 사냥개도, 그레이하운드도, 잡종개도, 스파니엘도, 늑대 피가

반섞인 들개도, 삽살개도, 털북성이 물개도 모두 개라는

명칭으로 불리듯이 말이다. 그러나 품질 감정서에는

---

128. 가령 성자는 아니라는 뜻. 맥베스는 자객들을 가장 효율적으로 분기시키는 수단,
즉 자객들의 남성다움에 호소하고 있다 (M).

95   날랜 개, 굼뜬 개, 약삭빠른 개,

                집지키는 개, 사냥개 등으로 아낌없이 베푸는 대자연이

                각각에게 부여하는 재능에 따라 구분되고, 또한 그 재능에

                따라 특별한 칭호를 받아 다 똑같이 개로 적혀있는 명부에서

                서로 구분되는 것이다. 인간도 마찬가지다.[129]

100   자, 그 명부 속에 너희들의 자리가 매겨져 있으나,

                인간으로서 말단의 서열에 자리하고 있지 않다면,

                그렇다고 말해 보아라. 그렇다면, 과인이 너희들에게

                은밀히 과업을 맡길 것인즉,

                그 과업이 성취되면 너희들의 적을 제거할 뿐 아니라

105   과인의 신임과 총애를 움켜쥐게 될 것인 바,

                과인은 그자가 살아있는 한 병약함에 시달리다가

                그자가 죽어야 완치될 것이기 때문이니라.

자객 2   소인은, 전하,

                세상의 온갖 야비한 학대와 천대로 인해 울분이

                끓어오르는지라, 세상에 대고 분풀이하는 일에 물불을

                가리지 않을 것이옵니다.

110 **자객 1**   소인 또한 마찬가지이옵니다.

                거듭되는 재앙에 신물이 나고, 운명에 끌려 다닌지라,

                운명을 바꾸든지, 운명을 날리든지 간에

---

129. 맥베스가 강조하는, 아낌없이 베푸는 대자연에 의해 결정되는, 개와 인간의 당연
     한 서열은 대단히 이율배반적이다. 왜냐하면 인간사회의 천부적 서열을 그 자신
     이 파괴해 버렸기 때문이다.

어떤 모험에든 목숨을 걸겠나이다.

맥베스   너희들은
안다. 뱅코우가 너희들의 원수였던 것을.

자객 2   그러하옵니다, 전하.

맥베스 그자는 과인에게도 원수이다. 그토록 위험한 근접거리에서   115
매순간 과인의 심장을 찔러대는 것으로 인해 그러하다.
비록 정당한 왕권을 사용해 그자를 과인의
눈앞에서 제거해버려도 그것이 과인의 뜻이었노라고
정당화 시킬 수 있겠으나, 그것은 불가한 일,
이유인즉, 과인에게도 친구요. 그자에게도 친구인 사람들의   120
신의를 과인이 져 버릴 수도 없고, 또한 과인이 직접
그를 처단하고도 그자의 죽음을 슬퍼하지 않을 수 없기
때문이다. 그러한 중차대한 여러 연유로 세상 사람들의 이목으로부터
그 일을 숨겨야 하겠기에 이처럼 너희들의 도움을
청하게 된 것이니라.

자객 2   전하, 무슨 분부이든   125
내리시면 저희들은 수행해 낼 것이옵니다.

자객 1   비록 소인의 목숨을-

맥베스 너희들의 본심[130]은 확인되었다. 늦어도 한 시간 안에,
너희들이 잠복해야 할 처소를 알려줄 터이며,
거사를 결행할 완벽하고 확실한 시간도
통보해 줄 것이니라. 왜냐하면 이 일은 오늘밤,   130

---

130. 증오와 복수심.

궁전에서 다소 떨어진 곳에서 결행되어야 하기 때문이다.
항상 명심할 것은, 과인이 이 일과는 무관한 것으로
너희들이 일을 처리하기를 바란다는 것이다. 그자와 더불어
(이 일에 어떤 장애나 미숙함으로 인한 화근을 남겨선 안 될 터인즉)
아들 플리언스도 암흑의 운명을 맞이하여야 할 것이니,
그를 제거하는 것이 그의 아비를 제거하는 것 못지않게
중요한 일이다. 물러가서 각자의 마음을 다짐하도록 하라.
과인도 너희들에게 곧 갈 것이다.

자객 2   소인들은 결심 했나이다, 전하.

맥베스 곧 너희들을 부를 것이니, 안에서 기다리도록 하라. ─

[자객들 퇴장.]

일은 결정되었다. 뱅코우, 그대의 영혼이 날아가서,
천국을 찾게 된다면, 그 천국을 오늘밤에 찾아야 할 것이다.

[다른 문으로 퇴장.]

2장

[같은 곳, 다른 방]

맥베스 부인과 하인 한명 등장.[131]

부인 뱅코우 장군은 궁전을 떠나셨느냐?

하인 그러하옵니다. 하오나 오늘밤에 다시 돌아올 것이옵니다.

부인 전하께 아뢰어라. 잠시 틈이 있으면
드릴 말씀이 있다고.

하인   그리 하겠나이다, 마마. [퇴장.]

부인   우리가 원하던 것을 얻었으나,
만족이 없으니, 모든 것을 희생하고서도, 얻은 것이 없구나.   5
살육을 저지른 대가로 의혹에 찬 기쁨밖에 누릴 수 없다면
우리가 시해해 버린 피살자가 되는 편이 더 안전하겠다.

맥베스, 생각에 잠겨서 등장

웬 일이옵니까, 전하? 어찌하여 홀로,
우울하기 짝이 없는 공상을 벗 삼으시고,
생각하실 대상이 사라지면 더불어 사라졌어야 할   10

---

131. 안쪽무대(inner stage)로부터 등장하는데 '환멸을 느끼며 수면부족으로 시달리고
있다' (Bradley).

그런 망상에 사로잡혀 계시옵니까? 고칠 수 없는 일은

무시해버려야 하옵니다. 한번 벌어진 일은 그것으로 끝이옵니다.[132]

맥베스 우리는 뱀을 칼로 베었을 뿐, 그놈을 죽이지는 못했소.

상처가 아물면, 다시 온전해질 터, 그때는 우리의 어설픈 악행은

15   상처받기 전 그 뱀의 독니에 물릴 위험에 처하게 되오.

두려움에 떨며 음식을 먹고, 밤마다 날 흔들어 깨우는

이 악몽에 짓눌려 잠을 자느니, 우주의 모든 틀이 산산이

부서지고, 하늘과 땅이 무너져 내리는 편이 낫겠소.

마음의 고통으로 인해 발작적인 불면의 격정으로 들떠 있느니,

20   차라리 우리의 야망을 채우기 위해, 평온한 저 세상으로 보내버린,

그 죽은 자와 같이 누워 있는 게 낫겠소.

던컨은 무덤 속에 누워 있소. 인생의 발작적인 열병을

치른 후에 편안히 잠들어 있소. 반역이라는 최악의

재앙을 겪은 후인지라,

25   칼도, 독약도, 내란도, 외침도, 그 어느 것도 더 이상 그를

괴롭히지 못할 것이오.

부인   마음 놓으시옵소서.

인자하신 전하, 험상궂은 표정을 누그러뜨리시고.

오늘밤 손님들 사이에서 밝고 명랑하셔야 하옵니다.

맥베스 그렇게 하겠소. 당신도 그리하도록 하시오.

---

132. 비극이 불러일으키는 암울함을 완화시키는 한 가닥 비애감은 깊은 고뇌에 빠진
남편을 위로하기 위해 가까이 다가서려는 맥베스 부인의 가망 없는 노력에 기인
한다. 그러나 신체를 경직시키는 � 조인 궁정의상—마치 응고된 혈액처럼 경직
된—이 둘을 갈라놓는 것처럼 보인다 (Barker, p.xli).

뱅코우에게 각별히 관심을 기울이시고,   30

시선으로나 말로 그에게 특별한 예우를 베풀도록 하시오.

한동안 안전하지 못할 터이니,

이런 아침의 샘물로 우리의 명예를 씻어 깨끗하게 지니고,

얼굴은 마음을 숨기는 가면으로 삼아,

그 속내를 숨겨야 할 것이오.

부인   그런 말씀은 그만 하세요.   35

맥베스 아! 내 마음은 전갈들[133]로 가득 찼소, 부인!

부인도 알다시피 뱅코우와, 그의 아들 플리언스가, 살아 있소.

부인 그들에게 허락된 생명의 보증서도 영원하진 않사옵니다.

맥베스 그 말이 위안이 되오. 그들을 처치해 버릴 수 있소.

그러니 즐거운 마음을 가지시오. 박쥐들이 수도원 천장에서   40

날아오르기 전에, 사악한 헤커티의 부름을 받고,

딱딱한 껍질을 한 풍뎅이가 졸음에 겨운 날갯짓 소리로,

밤잠을 재촉하는 만종을 울리기 전에, 무서운 일이

벌어질 것이오.

부인   무슨 일이 벌어지는지요?

맥베스 사랑하는 당신[134]은 모르고 계시다가, 일이 끝나면   45

---

133. 바질(Basil) 향이 사람의 머릿속에 전갈을 번식시킨다는 미신이 있었다. '이탈리아
에서 바질 향을 계속적으로 맡아 자신의 머릿속에 전갈을 키우는 남자가 한 명
있었다…프랑스에서는 바질 향을 맡은 젊은 하녀가 심한 두통으로 쓰러진 후, 아
무런 치료도 받지 못한 채 숨을 거두었고, 시신을 열자 뇌 속에서 어린 전갈들이
발견되었다' (Edward Topsel, *Historie of Serpents,* 1608. p.225).
134. dearest chuck. chuck는 병아리. 따라서 익숙한 애칭. 뱅코우를 살해하려는 의도

찬사나 보내시오. 오너라, 매의 눈을 꿰매는 밤이여,¹³⁵

자비로운 낮의 부드러운 눈빛은 가리고,

그대의 피 묻은 보이지 않는 손으로,¹³⁶

나를 파랗게 질리게 만드는 그 위대한 증서를 파기하고,

50   갈가리 찢어버려라!¹³⁷ — 날이 어두워진다.

그리고 까마귀들은 어두운 숲속으로 날아간다.

낮의 선한 것들은 눈을 내리깔고 졸기 시작하고

밤의 검은 정령들은 먹이를 찾아 잠을 깬다.

당신은 내 말에 놀라겠지만, 잠자코 있으시오.

55   악행으로 시작된 일은 악행으로 인해 견고해지는 법이오.

그러하니, 자, 과인과 함께 갑시다.   [퇴장.]

와 섬뜩한 대비를 이룬다.

135. seeling Night. 'seel'은 매 조련술과 관련된 용어. 조련사들은 매를 다루기 쉽도록
    조련하기 위해 한동안 매의 눈꺼풀을 가는 실로 꿰매어(to seel) 보지 못하게 했다.
136. 매 조련사의 손은 매의 눈을 꿰매느라 피가 묻었고, 눈이 꿰매진 매에게는 보이지
    않는다. 매의 눈을 꿰맨 피 묻은 손과 캄캄한 밤이 은유를 이룬다.
137. Cancel, and tear to pieces, that great bond. 뱅코우와 플리언스가 자연으로부터
    부여받은 생명을 보장하는 증서를 파기하라는 뜻. '계약서'(bond)는 다양하게 설
    명된다. ① 뱅코우의 후손들에게 왕권이 계승되리라고 했던 마녀들의 예언 ②
    '살인하지 말라'는 성서의 여섯 번째 계명.

3장

[같은 장소, 궁전으로 통하는 길이 있는 공원.]

세 자객들 등장

자객 1 누가 당신더러 우리 일에 가담하라고 했소?

자객 3   맥베스 전하.

자객 2 이자를 의심할 필요는 없다. 왜냐하면 이자는

우리가 해야 할 일, 그리고 무슨 일을 해야 할지를,

정확하게 알려주고 있으니.

자객 1   그렇다면 우리와 함께 한다.

서쪽 하늘은 아직도 낮의 빛으로 희미하게 빛나고 있다.   5

지금은 길 늦은 나그네가 제 시간에 여인숙에 들기 위해,

서둘러 말에 박차를 가해야 한다. 그리고 우리가 노리는

자들도 가까이 다가오고 있다.

자객 3   조용히! 말발굽 소리다.

뱅코우 [안에서.] 횃불을 이리 다오, 여봐라!

자객 2   바로 그자다.

초대받은 손님의 명부에 이름이 있는 나머지 인사들은   10

이미 궁궐에 들어가 있다.

자객 1   그자의 말들은 돌아서 간다.[138]

자객 3 한 마일정도, 그러나 그자는 통상 그렇게 하고,

다른 이들도 그렇게 하지만, 여기서부터 궁궐 대문까지는
걸어서 간다.

뱅코우와 횃불을 든 플리언스가 오솔길을 따라 다가오는 것이 보인다.

자객 2   횃불이다, 횃불이다!

자객 3   바로 그자다!

15 **자객 1** 각오를 단단히 해라.

뱅코우 오늘밤엔 비가 올 것 같다.

자객 1   쏟아지라고 해라.

[자객 1이 횃불을 쳐서 끄고,[139]
그동안 나머지 둘이 뱅코우를 공격한다.]

뱅코우 오! 배반당했다! 도망쳐라, 플리언스야, 도망쳐라, 도망쳐라, 달아
나라! 원수를 갚아다오. ─ 오, 비열한 놈!

[죽는다. 플리언스는 탈출한다.]

자객 3 횃불을 쳐서 끈 자가 누군가?

자객 1   그렇게 하기로 한 것 아닌가?[140]

---

138. 플리언스는 횃불을 들고 시종은 말들을 끌고 성의 뒤쪽으로 걸어간다. 맥베스가
   뱅코우와 플리언스가 말에서 내려 걸어가는 동안 자객들이 둘을 죽이도록 자객들
   의 위치를 정해주었다. 이 위치에서는 자객이 두, 세 명이면 충분하다.
139. 자객 3으로부터 받은 행동지침이라고 (잘못)여기고 뛰쳐나가 횃불을 끄고, 플리
   언스는 어둠을 틈타 도망친다.
140. 자객 3과 다른 둘 사이에 의사소통(2-4행)이 제대로 이루어지지 않은 듯하다. 실
   수는 아마도 맥베스의 지나친 경계심 탓일 것이다 (HU).

자객 3 한 놈만 처리했다. 아들놈은 도망쳤다.

자객 2   해야 할 일들 중   20
가장 귀중한 절반을 놓쳐 버렸다.

자객 1   자, 가자.
그리고 처리한 일만이라도 알려드리자.   [퇴장.]

4장

[궁중에 있는 특실.]

연회가 준비되어 있다. 맥베스, 맥베스 부인,
로스, 레녹스, 귀족들, 그리고 하인들 등장.

맥베스 경들은 각자 지위가 있으니, 그에 따라 착석해 주시오.

시작부터 끝까지 충심으로 환영하는 바이오.

귀족들   감사하옵니다. 전하.

맥베스가 부인을 단상으로 인도한다. 귀족들은 긴 식탁의 양편에 앉으며
식탁머리에 좌석 하나를 남겨둔다.

맥베스 과인도 경들과 함께 하여

변변찮은 주인 노릇을 할까 하오.   [맥베스 부인이 앉는다.]

5   중전께서는 중전의 자리에 앉으셨지만, 적당한 때에,

환영의 말씀을 청해볼까 하오.

부인 저를 대신해 전하께서, 모든 친구 분들에게 환영의 말씀을 해

주시옵소서. 진심으로 저는 여러분을 환영하고 있사옵니다.

자객 1이 등장, 문 쪽으로 간다.
귀족들은 일어나서 맥베스 부인에게 절을 한다.

맥베스 보시오. 모두들 중전에게 마음의 감사를 표하고 있소.

양편의 수가 동일하니, 나는 가운데에 앉겠소.   10

마음껏 즐기시오. 자, 큰 술잔을 좌중에 돌려

축배를 들도록 하십시다.   [자객 1을 보고 다가간다.]

[자객에게 방백] 네 놈의 얼굴에 피가 묻었다.

자객 [맥베스에게 방백]   그러하다면 그건 뱅코우의 것입니다.

맥베스 그 피는 그자의 몸속보다, 네놈의 얼굴에 묻어 있는 게 더 낫다.

그자는 처치했느냐?

자객   전하, 그자의 목을 잘랐나이다.   15

소인이 그렇게 했나이다.

맥베스   너는 목 자르는 데는 고수로구나.

허나 플리언스를 그렇게 한 자 역시 고수이다.

네가 정녕 그리했다면, 너는 단연 최고수이다.

자객 전하, 플리언스는 놓쳤사옵니다.

맥베스 그렇다면 내 발작이 재발하겠구나. 그놈도 처치했다면,   20

나의 안전은 확고했을 터인데. 대리석처럼 굳건하고, 바위 위에

선 것처럼, 공기처럼 자유롭고, 얽매이지 않아도 될 뻔 했다.

그러나 이제, 나는 오두막에, 골방에 갇힌 채, 끈질긴 의심과

공포에 짓눌리게 됐구나. ─하지만 뱅코우는 틀림없느냐?

자객 예, 전하, 머리에 깊이 베인 상처를 스무 개나 입은 채,   25

안전하게 개천에 쳐 박혀 있나이다. 가장 작은

상처도 그를 죽이기에 충분했나이다.

맥베스   그 점은 고맙다. ─

큰 독사는 죽었다. 도망친 새끼 독사는

자라면 독을 품게 될 것이나,

30   당장에는 독이빨이 없다. ─물러 가거라. 내일 다시

이야기를 나누도록 하자.   [자객 퇴장.]

부인   전하,

전하께서는 환대의 뜻을 표하지 않으시옵니다. 연회는

진행되는 동안 환대의 표시를 자주하지 않으면

사먹는 음식이 되옵니다. 허기를 채우기야 집이 제일이지요.

35   집 밖의 음식 맛을 내는 양념은 환대이오며,

환대 없는 연회는 무미건조하옵니다.

맥베스   때맞춰 잘 알려주셨소! ─

자, 잘 드시고 잘 소화시키시기 바라오.

그 둘 모두에게 건배합시다!

레녹스   전하께서도 착석하심이 어떠하실는지요?

맥베스 귀하신 뱅코우 장군만 참석하셨더라면, 나라의 명문

40   가문이 한자리에 모두 모였을 뻔 했소이다만,

뱅코우의 유령이 등장하여 맥베스의 자리에 앉는다.[141]

---

141. 폴리오(Folio) 판에는 유령의 등장이 맥베스 부인의 마지막 대사 이후에 표시되어
있다. 이것은 유령역의 배우에게 시간적으로 충분한 등장 예고를 해주기 위한 이
른 지시이었거나, 혹은 엘리자베스 시대 무대 위에서 이 배우가 어느 정도의 거리
를 걸어야 했기 때문이었을 것이다. 포먼(Forman)의 설명에 의하면, 유령은 맥베
스가 뱅코우를 언급하기 시작하면 등장했다. 다른 편집자들은 유령의 등장을 43
행과 45행에 표기했지만 39행 끝이 가장 보편적인 위치이다 (M).

과인은 그가 불운한 사고를 당하지 않았나 하는 걱정보다

그의 무성의를 책망하고픈 심정이오.

로스   그의 불참이, 전하,

오시겠다던 그의 약속을 꾸짖고 있나이다. 전하께옵서도

소신들에게 함께하시는 영광을 베풀어주심이 어떠신지요?

맥베스 좌석이 다 찼소이다.¹⁴²

레녹스   여기 마련된 좌석이 있사옵니다. 전하.   45

맥베스 어디 말이오?

레녹스 여기옵니다, 전하, 어찌하여 그리 놀라시는

것이옵니까?

맥베스 경들 중에 누가 이런 짓¹⁴³을 했소?

귀족들   무슨 말씀이신지, 전하?

맥베스 그대는 내가 그 짓을 했다고 말할 수 없소.¹⁴⁴ 피투성이

머리채를 나에게 흔들어 대지 말라.   [맥베스 부인이 일어선다.]   50

로스 여러분, 일어나십시다. 전하께서 편치 않으시옵니다.

부인 [아래로 내려오며]

---

142. The table's full. 맥베스가 처음에는 단지 자신이 앉으려는 좌석에 다른 사람이
     앉아 있는 것으로 여긴다. 그 후, 즉시 정좌하고 있는 뱅코우의 시신을 끔찍한 못
     된 장난으로 이해한다(48행). 마침내, 유령임을 알게 되자 그는 연회에 관한 제반
     일들을 망각한 채 유령에게 대놓고 말을 건다.

143. ① 뱅코우를 죽인 것. ② 시신을 의자에 앉힌 것.

144. 맥베스는 뱅코우를 직접 공격한 것이 자신이 아니라는 것으로 자신을 방어하고
     있다 (HU). 그는 '살인행위가 타인에 의해 행해질 경우, 던컨 왕의 경우와는 달
     리, 죽은 자에 대한 생각이 자신을 괴롭히지 않을 것이라는 기이한 생각을 한다'
     (Bradley).

경들은 앉으십시오. 전하께선 때로 이러하십니다.

소싯적부터 그러하셨습니다. 그러니, 다 앉으시지요.

발작은 잠깐이어서 이내 회복되시옵니다.

너무 주시하시면, 심기를 불편하게 해드려, 전하의 발작이

길어질 것이옵니다. 음식을 드시되,

전하를 염두에 두지는 마십시오. —당신도 사나이 대장부이십니까?[145]

맥베스 그렇소, 용맹무쌍한 대장부요. 악마라도 소름끼치게 할

저 광경을 감히 바라볼 만큼.

부인   오! 부질없는 소동이옵니다!

그것은 전하의 공포심으로 인한 허상에 불과한 것,

전하를 던컨 왕에게로 인도해 갔다고 말씀하셨던, 허공에 달린

단검과 같은 것이옵니다. 아! 이렇게 까무러칠 듯 놀라는 것은

(진정한 공포를 흉내 내는 것일 터이지만), 겨울철 난롯가에서

자신의 할머니에게서 들은 이야기를 전하는 아낙의 이야기에

놀랐을 때나 어울리는 행위이옵니다. 부끄러운 줄 아셔야지요!

왜 그런 얼굴을 하고 계시옵니까? 결국 전하께서는

그저 의자만 보고 계시는 것이옵니다.

맥베스   제발, 저걸 보시오!

봐요! 봐! 보라니까! 그래 어떠하오?

---

145. 방백이며, 이후의 대사도 둘만의 방백으로 이어진다. 방백이 이어지는 동안 귀족
들은 맥베스 부인의 요구대로 아무 말도 하지 않고 연회를 계속한다. 그러나 귀
족들은 맥베스가 두 번째 유령을 보기직전, 건배하기 위해 다 일어서는데 이는
의심할 바 없이 맥베스가 92행 이하에서 하는 말을 듣기 위해 (셰익스피어에 의
해) 의도된 것이다 (W).

아니, 내가 무엇이 두려운가? 고개를 끄덕일 수 있다면,
말도 해보아라. ─

만약 납골당이나 무덤들이 우리가 매장한 시신들을   70
다시 돌려보낸다면, 솔개의 뱃속을 우리의 무덤으로
삼을 수밖에 없다.[146]   [유령 사라진다.]

부인   아니! 이런 대장부답지 못하게 어리석은 처신을?

맥베스 내가 여기 서 있듯, 그자를 봤소!

부인   이런! 수치스럽긴!

맥베스 피는 이전에도 흘렸다. 먼 옛날,
인도적인 법률이 사회를 정화해서 문명화시키기 전부터.   75
그렇다. 그리고 그 이후로도 듣기에 몸서리쳐지는
살육들이 행해졌다. 그러나 지금까지는
머리가 깨어져 골이 쏟아져 나오면, 사람은 죽고
그것으로 끝이었다. 그러나 지금은, 머리에 치명적인
상처를 스무 군데나 입고도, 다시 살아나,   80
산사람을 의자에서 밀어 내는구나. 이건 그런
살인보다도 더 괴이하다.

부인   전하,

---

146. '혹자는 네부카드네자르(Nebuchadnezzar) 왕이 죽은 후, 그가 다시 살아나지 못하
도록 그의 아들 에일루모로다스(Eilumorodath)가 아버지의 시신을 갈 까마귀 떼
가 뜯어먹도록 내주었다고 기록했다' (Reginald Scot, *The Discoverie of Witchcraft*,
1584). 네부카드네자르는 바빌론 제국의 왕이었으며, 재위 기간은 1124-1103
B.C.. 시신이 무덤에서 살아나 다시 돌아오는 것을 방지하기 위해 시신을 맹금류
에게 주어 뜯어 먹히도록 해야 하겠다는 의미.

전하의 귀하신 친구 분들께서 기다리시옵니다.

맥베스 잊고 있었소.

과인에 대해 수상쩍게 여기지 마시오. 친애하는 경들,

85 과인에게는 괴이한 질병이 있으나, 과인을 알고 있는 사람에게는

아무 일도 아닌 것이오. 자, 경들의 우정과 건강을 비는 바이오.

그러면, 과인도 앉겠소. ─술 한 잔 주시오. 가득 채우시오. ─

식탁을 가득 채운 경들과, 그의 부재가 아쉬운 우리의

경애하는 친구 뱅코우 장군을 위해 건배할까 하오.

그가 참석했다면 얼마나 좋았겠소![147]

뱅코우의 유령 다시 등장

90 경들과, 그를 위해, 그리고

우리 모두를 위해 건배하십시다.

귀족들 삼가 충성을 바치겠나이다.

맥베스 물러가라! 내 눈앞에서 사라져라! 땅속으로 사라져라!

그대의 뼈에는 골수가 말랐고, 피는 싸늘하게 식었다.

노려보는 그대의 눈에는

분별력이 없다.

95 **부인** 여러분, 이런 일은

늘 있는 버릇쯤으로 치부해 두세요. 별 일 아니니까요.

---

147. 맥베스가 유령이 환상이었다고 확신하고 있다. 극도의 인내심으로, 그는 뱅코우
가 연회에 참석하고 있기를 바라는 심정을 반복해서 드러내고 있다. 즉시 유령이
이 도전에 응답한다 (L).

단지 만찬의 즐거움을 망치는군요.

맥베스 대장부가 하는 일이면, 나는 무엇이든지 할 것이다.

그대가 털북숭이 러시아 곰처럼,

무장한 코뿔소처럼, 혹은 히르카니아[148] 호랑이처럼   100

돌진해 와도 좋으니, 제발 이 모습으로는 덤벼들지 말라.

그러면 강인한 나의 힘줄들이 결코 떨지 않을 것이다.

아니면, 다시 살아나라. 그래서 아무도 없는 황무지에서

칼을 들고 나에게 도전하라. 그때에도 내가 두려워서 떤다면

날 어린 계집아이라고 선언해라. 물러가라, 흉칙한 그림자야!   105

허망한 환영아, 물러가라! —   [유령 사라진다.]

맞아, 그래야지. —네놈이 사라지면,

나는 다시 대장부이다. —자 여러분, 그냥 앉아 계시지요.

부인 전하께서는 객쩍은 행동을 보이시어 좌중의 흥을 깨뜨려 놓으시고,

훌륭한 연회를 망쳐 놓으셨습니다.

맥베스   아까와 같은 것들이 실제로 있어,

여름철 구름처럼 우리를 덮치면,   110

어찌 놀라지 않을 수 있겠소? 경들은 과인으로 하여금

과인의 기질이 어떠한지 의심하게 만드는구려.

과인의 생각에 경들도 종전의 광경을 목격했으며,

안색에 본래의 홍조를 그대로 지니고 있는 반면,

과인의 안색은 두려움으로 인해 파랗게 질렸으니 말이오.

---

148. 히르카니아는 현재 이란의 골레스탄 주, 마잔다란 주, 길란 주와 투르크메니스탄
의 일부를 포함하는 카스피 해 남쪽의 영토에 위치한 고대 왕국.

115 **로스**	무슨 광경 말씀이옵니까, 전하?
부인	제발, 말씀은 그만 하시지요. 상태가 더 나빠지십니다.
	질문하시면 광포해 지십니다. 모두들, 안녕히 가십시오.
	순서를 기다리실 것 없이 함께 일어나셔서,
	함께 나가시지요.
레녹스	밤새 안녕하시기를, 또한 전하께서
	쾌차하시기를 비옵니다!
120 **부인**	부디 경들도 밤새 안녕하시기를!

[귀족들과 시종들 퇴장.]

맥베스 이 일은[149] 피를 보고야 말 것이오. 피는 피를 부른다고 하오.

시신을 덮은 돌들이[150] 움직였다고, 나무들이 말했다고 하오.[151]

점쟁이의 전조들과, 숨겨진 인과의 거짓 없는 법칙들은

까치나, 갈가마귀, 띠까마귀를 통해 아무도 몰랐던 살인자를

125　폭로했다고들 하오. ─밤이 얼마나 깊었소?[152]

부인 밤이 아침과 불화하여 다투는 중이라 분간이 되지 않사옵니다.

맥베스 어떻게 생각하오, 맥더프가 과인의 부름을 받고도

오기를 거절한 것을?

부인 그에게 사람을 보내셨는지요, 전하?

맥베스 우연히 들었소. 허나 사람을 보낼 것이오.

---

149. 뱅코우를 살해한 일.

150. 살인자가 시신을 덮어 놓은 돌.

151. 버질(Virgil)의 『에이네이드』(*Aeneid*) iii.22-68에서 폴리도러스(Polydorus)의 유령이 나무에서 자신을 죽인 살인자가 누구인지를 알린다.

152. 맥베스가 음울한 상념을 털어 내고 행동할 준비를 한다.

집집마다 과인이 매수한 하인이 없는 집은 한 집도 없소.   130
내일(아니, 당장이라도) 마녀들에게 갈 것이오.
좀 더 말하도록 시키겠소. 최악의 수단을 써서 최악의
것이라도 알아 두어야겠소.[153] 나 자신의 안위를 위해서라면,
만사는 다 뒷전이오. 피의 강물 속으로
이렇게 깊이 발을 담갔으니 더 이상 걸어서   135
그 강을 건너갈 생각을 말아야겠으나
돌아서는 것이 건너가는 것만큼이나 어렵게 되었소.
머릿속에 예사롭지 않은 생각들이 떠오르고, 그건 실행될 것이오.
생각할 겨를 없이 실행할 것이오.
부인 전하에게는 만물의 자양분인 잠이 부족하옵니다.   140
맥베스 자, 침소에 들도록 합시다. 내가 보았던 괴이한 망령은
단련되지 않은 자의 공포심에서 비롯된 것이오.
피를 부르는 일에 우리는 미숙한 젊은이에 불과하오. [퇴장.]

---

153. 마녀들이 사악한 힘이라는 것을 맥베스가 더 이상 의심하지 않는다 (L).

5장

[**황야.**]

천둥소리, 세 마녀가 들어와 헤커티를 만난다.

마녀 1 아니, 무슨 일인지요, 헤커티님? 화가 나신 것 같으니.

헤커티 왜 화가 나지 않겠느냐, 뻔뻔하고 건방진

마귀할멈들아? 너희들이 감히, 어떻게

수수께끼 같은 말로, 죽음의 문제를 걸어놓고

5　　맥베스와 거래하고 소통하면서,

너희들 마법을 주관하는 스승이며,

모든 해악을 획책하는 비밀의 계락가인 나는

내 역할을 하도록 단 한 번도 부름 받지 못했고,

또한 내 마술의 영광을 보여줄 기회조차 어찌

10　　나에게는 오지 않은 것이냐?

설상가상으로 지금까지 너희들이 해놓은 짓거리들이

모조리 원한품고, 분노에 짓눌린 고집쟁이를 위한 일 뿐이다.

그자도, 다른 자들과 같이,

자신의 목적만 염두에 두었지 너희들을 섬길 생각은

15　　없는 자이다. 그러니 잘못에 대해 보상하도록 하라.

여길 떠나 아침에 아케론의 동굴에서

나랑 만나도록 하자꾸나. 그자가

자신의 운명을 알려고 그리로 올 것이야.

약 그릇들, 그리고 마법들을 준비하도록 하라.

주문과, 그 외의 모든 것을 갖춰 두도록 하라. 20

나는 공중으로 날아갈 것이야. 오늘밤은 재앙을

불러일으키고 목숨이 달린 일을 하며 보낼 것이야.

정오 전에는 큰 거래를 성사시켜야 되니까.

저기 달님의 한쪽 귀퉁이에

영험 많은 증기 한 방울이 매달려 있으니 25

땅에 떨어지기 전에 받아둬야겠구나.

그걸 마법으로 증류 시키면

그 힘이 신묘한 망령을 불러낼 테니,

그 망령이 그자를 파멸로 이끌어 갈 것이야.

그자는 운명도 경멸하고, 죽음도 비웃으며, 지혜도, 30

미덕도, 두려움도 내팽개친 채 헛된 희망만 품게 될 터.

그러니 너희들도 알다시피

과신은 인간의 제일가는 적인 것이야.

[안쪽에서 '오세요, 오세요' 등의 노랫소리.]

쉬! 날 부르는 소리다. 나의 꼬마 정령이

안개 자욱한 구름 위에 앉아 날 기다리고 있어. [퇴장.] 35

마녀 1 자, 서두르자. 헤커티님이 이내 돌아오실 테니. [퇴장.]

6장

[스코틀랜드의 한 곳.]

레녹스와 다른 귀족 한 사람 등장

레녹스 지금까지 제가 드린 말씀은 공의 생각과 일치하며,
　　　더 이상의 결론을 내릴 수 있을 것입니다. 단지, 제 말은
　　　사태가 괴이하게 흐른다는 것이오. 인자하신 던컨 왕을
　　　맥베스 왕이 애도하셨소. ─허나, 선왕이 승하하신 후였소. ─
5　　그리고 용감하신 뱅코우 장군은 너무 늦은 밤길을 걸으셨소.
　　　플리언스가 도망친 것으로 미루어, (말하자면) 플리언스가
　　　그를 죽였다고 말할 수도 있겠지요. 밤늦게 다녀선 아니 되오.
　　　왕자인 맬컴과 도널베인이 인자하신 부왕을 시해했다니,
　　　이 얼마나 천인공노할 일이냐고 생각하지 않을 자가 누가 있겠소?
10　천벌을 받을 짓이지요. 맥베스 장군이 얼마나 애통해 하셨소이까?
　　　그리하여 의분을 주체 못해 술의 노예며 수면의 종놈들인
　　　두 역적 놈들을 장군께서 단칼에 베어버리신 것 아닙니까?
　　　훌륭하신 처사가 아니겠소? 그렇지요. 현명하시기도 하셨지요.
　　　역적 놈들이 범행을 부인하는 소리를 들으면 어느 누구도
15　격분하지 않을 사람이 없었을 테니까요. 그러니,
　　　맥베스 장군은 만사를 제대로 잘 처리하셨다는

말씀이올시다. 그리고 나의 생각에, 던컨 왕의 두 아들이

그의 손에 붙잡혔다면 (물론 하나님의 뜻이라면

붙잡을 수도 없지만), 부왕을 시해한 응보가 어떠한지를

알게 되었을 것입니다. 플리언스도 마찬가지였을 것이오.   20

하지만, 쉬!―맥더프 장군은 당당히 말하고,

찬탈폭군의 연회에 참석하지 않았다하여 왕의 미움을

사고 있다고 하오. 경께서는, 그분이 은신하고

계신 곳을 아시는지요?[154]

귀족   이 왕위 찬탈자로부터

타고난 계승권을 빼앗긴 던컨 왕의 왕자께선   25

영국의 왕실에 몸을 의탁하고,

고매하신 에드워드 왕 전하로부터 환대를 받고 계시는지라,

사악한 운명도 그분의 존엄으로부터 아무것도

빼앗지 못하고 있소이다. 맥더프 장군도 그리로 가셔서

거룩하신 영국 왕께 탄원하여, 그의 지원으로   30

노섬버런드 주민과 용맹하신 시워드 백작의 참전을

간청하고 있으니, 이들의 도움으로

(하나님이 이를 허락하신다면), 우리는 예전처럼

식탁에 앉아 식사를 하고, 밤에는 잠을 자며,

---

154. 표면적으로는 레녹스가 시해 당시 맥베스의 꾸민 이야기를 수용했다(2.3.99). 그
러나 사건을 반추하며 생각을 바꾸었을 것이다. 그는 4막 1장에서 여전히 맥베스
를 섬기고 있다. 레녹스의 어투가 급격하게 변하는 것으로 보아 레녹스는 특정인
물로 보다 코러스로 간주될 수 있다 (M).

35 　우리들의 향연이나 축제의 자리에 피 묻은 칼이

　　떠오르지 않을 것과, 진정으로 충성을 다하고,

　　꺼릴 것 없는 명예를 향유할 것을 우리 모두가 바라는

　　바이지요. 이 소식을[155] 접한 맥베스 왕은 격분해서

　　전쟁 준비를 하고 있소이다.

레녹스　　　　　　　　　　왕이 맥더프를 불러들였던가요?

40 **귀족**　그랬소이다. 허나 맥더프의 단호한 대답, '난 가지 않소'

　　라는 말에 난처해진 사신은 등을 돌리며,

　　'이 따위 대답으로 날 궁지에 몰아넣으면 후회할 날이

　　있을 것이다'라고 투덜거렸다 하오.

레녹스　　　　　　　　　대답을 그렇게 했다면

　　그것은 그분이 각별히 조심해서 지혜를 다해

45　　멀리 피하시라고 경고한 셈이오. 어떤 거룩한 천사가

　　영국의 궁전으로 날아가, 그분보다 먼저

　　그분의 용건을 전하고, 저주받은 손에서 고통 받는

　　이 나라에 하나님의 신속한 축복이 임하시길

　　바랄뿐이오!

귀족　　　　　　　그 천사에게 내 축원도 함께 전할 것이오.

　　　　　　　　　　　　　　　　　　　　　　　　[퇴장.]

---

155. 맬컴이 영국에서 환대를 받고 있다는 소식.

4막

1장

[포레스의 한 집. 중앙에 끓고 있는 가마솥]

천둥소리. 세 마녀가 불꽃 속에서 한 명씩 차례로 나타난다.

마녀 1 얼룩괭이가 세 번 울었어.

마녀 2 고슴도치가 세 번, 그리고 또 한 번 울었어.

마녀 3 하피어[156]가 소릴 질러. ─시간이 됐어, 시간이 됐어 라고.

마녀 1 빙글빙글 돌아라, 가마솥 주변을 돌아라.

5 　　　그 속에 넣어라, 독기서린 내장을.─[157]

[솥 주위를 왼쪽으로 돈다.]

차가운 바위 밑에 잠자며

서른 한 밤, 서른 한 낮

방울방울 독 짜낸 두꺼비야.

네가 먼저 끓어라, 마술의 가마솥에서.

10 **모두** 고생도 근심도, 두 배로 두 배로,[158]

---

156. 세 번째 마녀의 수행 동물. 그리스 신화에 등장하는 몇몇 더러운 괴물들 중 하나
　　이며 반은 여성, 반은 새의 형상을 하고 있다. 세 마녀가 각각의 수행 동물들이
　　내는 행동시작 신호 소리를 듣고 있다.

157. 주문(呪文)은 살아 있는 동물들의 각 기관으로부터 떼어낸 신체조각들의 혼합물로
　　부터 만들어진다. 언급되는 동물들 거의 대부분이 위험하거나 불길한 것들이다.
　　두꺼비, 도롱뇽, 무족도마뱀, 그리고 도마뱀은 독을 품은 것들로 알려졌다 (E).

158. 주문의 목적은 세상살이의 고역과 슬픔을 갑절로 만드는 것이다.

불꽃아, 타올라라. 가마솥아 끓어라.

마녀 2 늪에 사는 독사의 살점아,

끓어라, 구워져라, 가마솥 안에서,

도롱뇽의 눈알과, 개구리 발톱,

박쥐의 털과, 개 혓바닥도, 15

살모사의 째진 혀, 눈먼 뱀의 독침도,

무서운 재앙 일으키는 마력을 발휘하도록,

지옥의 죽처럼 끓어라, 부글부글 끓어라.

모두 고생도 근심도, 두 배로 두 배로, 20

불꽃아, 타올라라. 가마솥아 끓어라.

마녀 3 용의 비늘, 늑대 이빨,

마녀들의 미라와 게걸스러운

바다상어 밥통과 식도, 뒤섞고

한밤중에 캔 독 당근 뿌리, 25

신성 모독하는 유대놈의 간,

산양 쓸개에다 월식 때 베어낸

무덤가 상록수 잔가지,

터키 놈의 코와, 타타르 족의 입술,

창녀가 개천에서 낳아 30

목 졸라 죽인 아기[159] 손가락 섞어,

---

159. 세례 받지 못하고 죽은 아이는 많은 미신의 대상물이었다. 때때로 이 영아들은 악
마의 형태로 지상에 배회하는 것으로 여겨졌다. 이 죽은 영아들의 신체는 악한 주
문(呪文)을 읊조릴 때 강력한 힘을 발휘하는 것으로 간주되었다.

죽 끓여라, 죽 끓여, 걸쭉하고 진하게.

호랑이 창자도 넣어,

가마솥에 구색 맞추어라.

35 **모두** 고생도 근심도, 두 배로 두 배로,

불꽃아 타올라라. 가마솥아 끓어라.

마녀 2 끓인 죽 식혀라, 개코 원숭이 피로.

이제 주문은 강력하고 효험은 으뜸.

헤커티와 다른 마녀 세 명이 등장

헤커티 오, 잘하였구나! 너희들의 수고가 가상하구나.

40 얻은 것은 모두 나눠 갖자꾸나.

자, 이제 노래하라. 가마솥을 돌며,

빙빙 돌며 춤추는 꼬마요정, 큰 요정처럼,

불어 넣으라. 모든 재료에 마력을.

[음악과 노래 '검은 정령' 등, 헤커티와 다른 세 마녀 퇴장.]

마녀 2 내 엄지손가락들이 쑤시는 걸 보니,

45 사악한 것이 이리로 오나보다.[160]   [문 두드리는 소리.]

열려라, 자물쇠,[161]

어떤 자가 두들기든.

---

160. 신체에서 갑작스럽게 유발되는 통증은 사악한 자나 괴이한 사건의 도래를 알리는
징조로 간주되었다 (K).

161. 극중 무대는 문이 달린 헛간이며, 마법의 영역으로 누군가를 받아들이기 위한 전
통적인 관용어구.

맥베스 등장

맥베스 여봐라, 캄캄한 밤에 남모르는 흉계를 획책하는 마녀들아!
　　　 너희들이 하는 짓거리가 무엇이냐?

모두 　　　　　　　　　　　　이름 붙일 수 없는 일.

맥베스 내 너희들에게 묻노니, 너희들이 지닌 미래를 아는 마술로, 　　50
　　　 어떤 수단을 써서 알아내든지, 나에게 답하라.
　　　 설령 너희들이 바람을 풀어, 그 바람이
　　　 교회들을 쓰러뜨리든, 거품 이는 파도가
　　　 배를 파선시켜 집어삼키든, 이삭 패려는
　　　 곡식이 비바람에 쓰러지고, 나무들이 바람에 쓰러지든, 　　55
　　　 설령 성벽이 파수병들의 머리위로 허물어져 내리든,
　　　 궁전들과 첨탑들이 그 꼭대기를 땅바닥을 향해
　　　 꼬꾸라지든, 또한 대 자연의 보물,
　　　 모든 씨앗들이 뒤범벅이 되어 파괴 자체가
　　　 매스꺼워 할 때에 이르든 말든 상관없으니, 　　60
　　　 내 묻는 말에 대답하라.

마녀 1 　　　　　　　　말하시오.

마녀 2 　　　　　　　　　　　물어 보세요.

마녀 3 　　　　　　　　　　　　　대답하리다.

마녀 1 말씀하시오, 우리들에게 들으시겠소, 아니면
　　　 우리 주인님들[162]에게서 들으시겠소?

---

162. our masters. '우리들이 섬기는 운명의 위대한 힘'(the great powers of fate). 이것

맥베스   주인들을 불러라, 대면하겠다.

마녀 1 쏟아 부어라, 제 새끼 한 배 아홉 마리

65   잡아먹은 암돼지 피를, 던져 넣으라,

         불길 속으로, 교수대에서 배어 흐르는

         살인자의 기름도.

모두   드러내세요, 천상에 계시든, 지옥에 계시든,

         능숙하게 솜씨를 보여주세요.

         폭풍, 첫 번째 환영, 무장한 머리가 가마솥에서 떠오른다.[163]

맥베스 내게 말하라, 남모르는 신통력을 지닌 자여. ―

마녀 1   그는 그대의 마음을 알고 계시니,[164]

70   듣기만 하시오. 말씀 마시고.

들은 두꺼비, 회색 고양이, 그리고 하피어 등의 수행 동물들과 혼동되어서는 안
된다 (K). 마녀들이 맥베스가 환영과 단순한 예언(mere prophecy) 중 하나를 선
택하도록 제안한다 (M). '주인님'은 솥에서 피어오르는 혼령들이다.

163. 일반적으로 수용되고 있는 존 업튼(John Upton)의 해석은 이러하다. (비록 킷트릿
     지와 에반스는 첫째 환영을 맥더프라고 생각하지만) '무장한 머리는 참수당해 맥
     더프에 의해 맬컴에게 인도된 맥베스의 것이다. 피 묻은 아기는 열 달을 채우기 전
     에 모체의 자궁을 찢고 나온 맥더프이다. 머리에 왕관을 쓰고, 나뭇잎을 손에 든
     아이는 맬컴 왕자이다. 그는 던시네인으로 진격할 때 병사들에게 나뭇가지를 베어
     그들 앞을 가리라고 명령했다' (*Critical Observations on Shakespeare*. 1756).
164. 마녀들이 불러들인 힘(혼령)들이 너무 강렬해서 마녀들은 그 혼령들에 대한 경건
     의 념으로 잠잠히 서있다 (K). 맥베스는 이 혼령이 자신임을 인지하지 못하나 관
     객들은 인지한다. 이 말이 빚는 아이러니가 뒤이어 나타날 '애매하게 말하기' 혹
     은 '이중의 뜻으로 말하기'(equivocation)를 예비한다 (W).

환영 1 맥베스! 맥베스! 맥베스! 맥더프를 조심하라.

파이프의 영주를 조심하라. —물러가야겠다. —더는 견딜 수가 없다.[165]

[아래로 사라진다.][166]

맥베스 그대가 누구이든, 그대의 경고에 대해선 고맙다.

내가 두려워하는 바를 바로 맞추었다. —그러나

한마디만 더. —

마녀 1 그는 명령을 받지 않아요. 여기 한 분 더 나타났소.   75

처음 혼령보다 더 신통하신 분.

천둥소리, 두 번째 환영, 피투성이 어린 아이.

환영 2 맥베스! 맥베스! 맥베스! —

맥베스 내 귀가 셋이라 해도, 네 말에 귀 기울일 테다.

환영 2 잔인하게, 담대하게, 결연히 행동하라. 인간의 힘을

멸시하라. 여자의 몸에서 태어난 자 그 누구도   80

맥베스를 해치지 못 하리라.   [아래로 사라진다.]

맥베스 그렇다면 살아 있거라, 맥더프. 내가 네놈을 두려워할

이유가 무엇이냐?

그러나 확실한 것을 한 번 더 다져야겠기에 운명의

보증서를 한 장 받아둬야겠다. 네놈을 살려둘 순 없다.

창백한 심장을 한 두려움에게 거짓말 말라고 호통치고,   85

천둥이 쳐도 잠 이룰 수 있게 하기 위함이다.

---

165. 고문당하는 중이다 (M). *Henry VI*, Part II, 1.4.38 참조.
166. 혼령들은 무대 중앙에 있는 '함정문'(trap-door)을 통해 오르고 내린다.

천둥소리, 세 번째 환영. 왕관을 쓴 아이가 나뭇가지를
손에 들고 등장.

이건 무엇인가,

왕위 계승자의 모습으로,

그 어린 이마에 지고지존의 왕관을 쓰고

떠오르는 것은?

모두　　　　　듣기만 하시오, 말하지 마시고.

90　**환영 3** 사자의 기백을 지니고, 당당하게 처신하라. 누가 분노하며,

누가 안달하든, 또한 역모를 꾸미는 자가 어디 있든 개의치 말라.

맥베스는 결단코 정복되지 않으리니, 광대한 버남 숲이

높은 던시네인 언덕을 향해 진격해 와서

공격하기 전에는.　　　　　　　　　　　　[아래로 사라진다.]

맥베스　　　　　그런 일은 결코 없을 터,

95　누가 숲을 강제로 징발해, 나무더러 땅속 깊은 제 뿌리를

뽑아내라고 명령한단 말인가? 달콤한 예언이다! 좋다!

역심을 품은 죽은 망령은, 버남의 숲이 일어나기 전에는

결코 다시 살아나지 못할 것이니, 왕좌에 높이 앉은 맥베스는

대자연이 허락한 수명을 누리다가, 시간의 흐름과

100　필멸의 관습에, 빌렸던 호흡을 다 되돌려 줄 것이다.

하지만 내 심장은 단 한 가지를 더 알고 싶어 요동치고 있다.

말하라 (너희들의 마술이 그것도 할 수 있다면), 뱅코우의 자손이

이후 이 왕국을 다스리게 될 것이냐?

모두　　　　　　　　　더 이상 알려 하지 마시오.

맥베스 알아야겠다. 이 물음에 답하지 아니하면,

영원한 저주가 너희에게 임할 것이다! 말하라. —

[목적소리 울리면서 가마솥이 아래로 내려간다.]

저 가마솥은 왜 가라앉았느냐? 그리고 이 노래 소리[167]는 무엇이냐?

마녀 1 보여 드려라!

마녀 2 보여 드려라!

마녀 3 보여 드려라!

모두 보여 드려라, 저분의 눈에, 그리고 그의 마음을 비탄에

젖게 하라. 그림자처럼 왔다가, 그림자처럼 사라져라.

여덟 왕들이 벌이는 무언극. 맥베스가 말하는 동안
동굴의 뒤편을 가로질러 하나씩 차례로 지나간다.
마지막은 손에 거울을 지니고 있다. 뱅코우가 뒤따른다.

맥베스 너는 뱅코우의 혼령과 너무 흡사하구나, 내려가라!

쓰고 있는 왕관이 내 눈알을 태우는구나. — 그리고 너의 머리카락은,

다른 왕관을 쓰고 있는 너 말이다. 처음의 것과 같구나. —

셋째 것도 앞에 것과 닮았구나.[168] — 더러운 마녀들아!

나에게 이런 걸 왜 보여주느냐? — 네 번째도? — 눈알아! 빠져나가라!

---

167. what noise is this?. 'noise'는 엘리자베스 시대에 3인조로 구성된 악단(company of musicians)을 일컫는 용어였으며, 이들은 주점 등에서 연주하며 돈을 벌었다.

168. 맥베스가 격분하는 것은 첫째 환영이 뱅코우를 닮고, 둘째 것이 첫째 것을, 그리고 셋째 것이 둘째 것을 닮은 것 때문이다.

뭐냐! 이 혈통은 최후 심판의 날까지 이어질 것인가?

또 나타나느냐? —일곱 번째냐? —더는 보지 않겠다. —

그런데 여덟 번째[169]가 나타나는구나. 거울을 들고 있어,

뒤에 더 많이 줄 서있는 모습을 보여주는구나. 어떤 것은

이중의 보석 구슬[170]과 삼중의 왕홀[171]을 들고 있구나.

몸서리쳐지는 광경이다! —이제 이것이 사실임을 알겠다.

피로 엉겨 붙은 머리카락을 한 뱅코우가 나에게 미소 지으며,

저것들이 자기의 후손이라고 가리키는걸 보니, —아니? 정녕

이러하냐?[172]

125 **마녀 1** 그렇소, 이 모든 일이 정녕 그러하오. —그런데 어찌하여

맥베스님은 망연자실한 채 서 계시옵니까? —

자, 얘들아, 저분의 기운을 북돋우어 드리자.

가장 즐거워하실 걸 보여드리자.

---

169. 뱅코우는 스튜어트 왕조의 전설적 시조이며 그 자손 제임스 6세가 잉글랜드를 다
스린 스튜어트 왕조의 첫 왕이다. 이 제임스 6세가 엘리자베스 여왕의 뒤를 이어
잉글랜드의 왕이 되면서 제임스 1세로 명명되고 이어 잉글렌드와 스코틀랜드는
합병된다. 이 장면의 스튜어트 왕조 계보에서 제임스 1세의 어머니 메리 여왕
(Mary, Queen of Scots)은 제외 되었다. 여덟 왕은 뱅코우의 후손들이다.

170. two-fold balls. balls는 왕관에 박힌 보물 구슬. '이중의 보주'(寶珠)는 제임스 1세
가 스쿤(Scone)과 웨스트민스터(Westminster) 사원에서 이중으로 대관식을 거행
한 것을 가리키는 구절.

171. 1604년 제임스 1세에게 부여되었던 왕위, 즉 '영국, 프랑스 그리고 아일랜드 왕'
(King of Great Britain, France, and Ireland).

172. 맥베스가 피로 엉겨 붙은 머리카락을 한 뱅코우를 노려보고 있는 사이 환영들은 다
사라진다…그가 마녀들에게 시선을 돌리자 마녀들도 역시 사라져 버린다 (W).

나는 공기에 마술을 걸어 음악을 들려줄 터이니,

너희는 둥글게 도는 환상적인 춤을 추려무나.   130

그래야 위대하신 왕께서 우리가 의무를 다해

왕께선 베푸신 환대에 보답했노라고 친절히 말씀 하실 것이야.¹⁷³

[음악소리, 마녀들과 춤추다가 사라진다.]

맥베스 이것들이 어디 있느냐? 사라졌는가? 이 저주스러운

시간은 영원히 달력에 남아 저주받도록 하라. −

밖에 있는 자는 안으로 들라!

레녹스 등장

레녹스   무슨 분부이시옵니까?   135

맥베스 경은 마녀들을 보았소?

레녹스   아니, 보지 못하였나이다. 전하

맥베스 경의 옆을 지나가지 않았소?

레녹스   정녕, 지나가지 않았사옵니다. 전하.

맥베스 그것들이 타고 다니는 공기는 역병이나 걸려라.

그리고 그것들을 믿는 자들은 다 저주를 받으라! −말발자국 소리가

들렸는데, 누가 왔었소?   140

레녹스 전하께 소식을 전하러 온 두 세 명의 사자였나이다.

맥더프가 영국으로 도주하였나이다.

---

173. 125-32. 대부분의 편집자들이 가필(加筆)된 것으로 인정하는 부분. 이 대사가 궁정
에서의 공연을 위해 가필되었다면 마지막 두 줄은 맥베스에게뿐 아니라 관객들 속
에 있었던 왕(제임스 1세)에게 향했을 것이다. 131행의 의무는 왕에 대한 존경심.

맥베스   영국으로 도주하였다?

레녹스 그러하옵니다, 전하.

맥베스 [방백] 시간아, 너는 내가 하려고 하는 무서운 일을 앞지르는구나.

145   계획은 화살처럼 빨라서 실행이 따르지 아니하면

    결코 따라 잡을 수가 없구나. 이 순간부터,

    마음속에 생각의 열매가 열리면

    즉시 손으로 그 열매를 거두어 들여야겠다. 이제부터라도

    생각을 행동으로 마무리 짓기 위해, 생각과 행동을

150   동시에 하도록 하자. 맥더프의 성을 기습해 파이프를

    탈취하고, 그놈의 자식들, 그리고 그의 혈통을 이어갈 불행한

    놈들을 모조리 베어버릴 것이다.

    바보처럼 호언장담만 할 것이 아니라

    실행의 열기가 식기 전에, 이 일을 해치울 것이다.

155   그러나 환영은 더 이상 보기 싫다! ―그 사람들이 어디 있소?

    자, 나를 그들이 있는 곳에 안내하시오.

2장

[파이프, 맥더프 성의 한 방.]

맥더프 부인, 그녀의 아들과 로스 등장

맥더프 부인 남편이 도주하셨다니, 무슨 일을 하셨기에?

로스 침착하셔야 합니다, 부인.

맥더프 부인   침착은 남편이 했어야지요.

도망을 치다니요, 그 분이 미쳤군요. 역적처럼 행동하지 않아도,

두려움이 사람들을 역적으로 몰아가는 판국에.[174]

로스   지혜로운 판단을

하신 것인지, 혹은 두려움 때문이었는지 알 수가 없습니다.   5

맥더프 부인 지혜라니요! 아내도 버리고, 자식들도 버리고,

집도, 지위도 다 버리고, 살던 곳에서 혼자

도망친 것이 말입니까? 저희를 사랑하지 않은 거예요.

처자식에 대한 천성적인 애착이 없는 것입니다. 새들 중에

가장 작은 굴뚝새도 둥지에 새끼를 품고 있을 때는   10

올빼미가 와도 싸워요.

겁에 질린 것이지요. 애정이라곤 없는 양반입니다.

---

174. 맥더프는 반역적인 행위를 하지 않았다. 그러나 두려움이 그를 영국 왕실로 도망
치게 만들었고, 이 행위가 그를 사실상 역적으로 만들어버렸다 (K).

도망친다는 것이 도리에 맞지 않는 일인데
지혜는 무슨 지혜입니까.

로스　　　　　　　　　　친애하는 부인,

15　　제발, 진정하십시오. 부군께서는 고결하시고, 현명하시며,
사리분별을 하시는 분이고, 격변하는 시대의 무질서를
가장 잘 아시는 분이십니다. 더 이상은 말씀 드릴수가 없습니다.
그러나 세태가 잔혹해졌습니다. 자신도 모르는 사이에
우리는 역적이 되어있고, 두려워서 풍문에 매달리지만,

20　　정작 두려워하는 바가 무엇인지 모르고, 거칠고 험악한
바다 위를 이리저리 떠다니며
동요하는 처지입니다. ─이만 가봐야겠습니다.
조만간에 다시 한 번 찾아뵙도록 하지요.
사태가 최악에 이르면 끝이 올 것이고, 아니면 종전대로

25　　좋아지겠지요. ─귀여운 녀석,
너에게 하나님의 축복이 임하기를!

맥더프 부인　저애는 아버지가 있으면서도, 아버지 없는 자식이 되었네요.

로스　저는 어리석은 위인이 올씨다. 더 이상 지체하면
눈물을 흘려 치욕이 될 것이고, 부인께선 난처해지실 테니까요.
바로 떠나야겠습니다.　　　　　　　　　　　　[퇴장.]

30　**맥더프 부인**　　　　　　얘야, 네 아버지가 돌아가셨다.
이제 어떡할 테냐? 어떻게 살아갈 테냐?

아들　새들처럼 살지요,[175] 엄마.

---

175. Matthew 6:21.

맥더프 부인 뭐야, 벌레나 파리 잡아먹고 살겠다고?

아들 뭘 잡든지 먹고 살아야지요. 새들처럼요.

맥더프 부인 가련한 아기 새! 너는 그물도 끈끈이도,

덫도, 올가미도, 두려워하질 않는구나.

아들 왜 두려워해야 하나요, 엄마? 35

가련한 새를 잡자고 그런 걸 쳐 놓진 않아요.

아빠는 돌아가시지 않았어요. 엄마가 뭐라 하시든지.

맥더프 부인 아니야, 돌아가셨다. 아버지 없이 뭘 어떻게 할 테냐?

아들 그럼, 엄마는 아빠 없이 어떻게 살 거예요?

맥더프 부인 그야, 아무 시장에서 스무 명을 살 수 있지. 40

아들 그럼 샀다 되팔면 되겠네요.

맥더프 부인 온갖 지혜를 다 짜내어 조잘대는구나.

그런데 사실은 너에게 지혜가 넘치는구나.

아들 아버지가 역적이었나요, 엄마?[176]

맥더프 부인 그래, 그랬단다. 45

아들 역적이 뭐예요?

맥더프 부인 얘야, 맹세를 하고 거짓말을 하는[177] 사람이란다.

아들 그렇게 하는 사람들은 다 역적이에요?

맥더프 부인 그렇게 하는 사람은 모두가 역적이고, 목매달아야

---

176. 44-63. 윌슨은 이 대화 부분이 폭약음모사건에 연루되었던 예수회 주임사제 헨리
    가넷(Henry Garnet)이 교수형 당한 이후에 왕실 공연을 위해 첨가된 부분이라고
    생각한다. 헨리 가넷은 1606년 3월 28일 유죄로 판결 받고, 5월 3일에 처형되었다.
177. Swears and lies. 헨리 가넷과 그 공모자들이 처형을 앞두고 혹독한 심문을 당하
    면서 구사했던 '이중의 의미로 말하기'(equivocation)를 요약한 어구.

50   한단다.

아들 맹세를 하고서 거짓말을 하는 사람들은 모두 목매달아야 하나요?

맥더프 부인 모조리.

아들 누가 그 사람들 목을 매다나요?

맥더프 부인 그야, 정직한 사람들이지.

55 **아들** 그러면 거짓말쟁이와 맹세하는 자들은 바보들이네요. 왜냐하면
        정직한 사람들을 때려누이고, 목매달아 죽이는 거짓말쟁이와
        맹세하는 자들이 충분하니까요

맥더프 부인 하나님이 너를 도우시기를, 가련한 원숭이 같은 녀석!
        그런데 아버지가 안계시니 너는 어떻게 할 거냐?

60 **아들** 아빠가 돌아가셨다면, 엄마가 우시겠지요. 엄마가 우시지 않으면
        그건 제가 조만간에 새 아버지를 가지게 될 것이라는 좋은
        징조일 테지요.

맥더프 부인 불쌍한 잔소리꾼 같으니, 말하는 것 좀 봐!

사자(使者) 한사람 등장

사자 축복이 임하시기를, 부인! 부인, 처음 뵙습니다만,
65   부인의 높으신 신분을 저는 익히 알고 있습니다.
        두려운 것은 부인의 신변에 위험이 닥쳐오고 있다는 것입니다.
        부인께서 미천한 사람의 충고를 들으시겠다면,
        이 자리를 즉시 피하십시오. 어린애들도 데리고 가셔야 합니다.
        이렇게 부인을 놀라게 하는 것이 너무나 무례한 일이지만
70   알려드리지 않는 것은 더할 나위 없이 잔혹한 일이옵고,

그 잔혹한 일이 부인 신변에 가까이 닥쳤습니다. 하나님의

가호가 함께하시기를!

소인은 감히 더 지체할 수 없사옵니다. [퇴장.]

맥더프 부인　　　　　　　　　　　　　어디로 피한단 말이냐?

난 남에게 해를 끼쳐본 일이 없다. 그러나 지금 생각해보면

나는 이 세속에 몸담고 있고, 여기서는 해악을 끼치는 일이

때때로 칭송을 받고, 선행을 베푸는 것이 더러　　　　　　75

위험한 바보짓거리로 치부되고 있다. 아! 그렇다면

나는 해악을 끼친 일이 없다고 여자다운

하소연이나 늘어놓아야 하는 것인가?

자객들 등장

이자들이 누구냐?

자객　네 남편은 어디 있느냐?[178]

맥더프 부인　너희 같은 자들이 찾아낼만한 그런 불경스러운　　80

곳에는 계시지 않는다.

자객　　　　　　　　그놈은 역적이다.

아들　거짓말이야, 이 털북숭이 악당아!

자객　　　　　　　　뭐냐! 이 병아리 같은 놈!

[아들을 찌른다.]

역적의 종자다!

---

178. 맥베스의 지령으로 왔기에 이들은 맥더프가 도주했다는 것을 확인해야 한다. 그
러나 게슈타포식의 질문은 남편 도주의 죄를 부인에게 씌우고 있다 (HU).

아들   이놈이 날 죽여요. 엄마.

도망치세요, 어서요!   [죽는다.]

[맥더프 부인, "살인이야!"라고 외치며 뛰쳐나가고, 자객들이 뒤쫓아 나간다.]

3장

맬컴과 맥더프 등장

맬컴   어디 한적하고 그늘진 곳을 찾아가, 슬픔 가득한
가슴이 시원해지도록 울어나 보십시다.

맥더프   그보다는
검을 움켜잡고, 용사답게 쓰러진 조국 곁에
우뚝 서서 조국을 지키십시다. 새날이 밝을 때마다
새로운 과부들이 통곡을 하고, 새로운 고아들이   5
울부짖으며, 새로운 비탄의 소리가 하늘을 두드리니,
하늘도 스코틀랜드를 동정하듯, 비탄의 탄식을
쏟아내고 있사옵니다.

맬컴   믿는바가 있으면 울부짖을 것이고,
아는 바가 있으면 믿을 것이오.[179] 또한 내가 시정할
수 있는 것은, 적절한 때에 동지를 얻는 대로, 그리 할 것이오.   10
장군이 한 말씀은 아마도 사실일 것이오.
그 이름만 입에 올려도 혀가 부르트는 저 폭군도

---

179. 듣는 것들을 아무 것도 믿지 않기에 울부짖을 일이 없고("What I believe, I'll
wail"), 아는 바를 의심하기에 믿을 수도 없으며("What know, believe") 동지(同
志)를 믿을 수가 없으니 불행에 처한 고국에 대해 속수무책인 것이다.

한때는 충성스러운 인물로 여겨졌소. 장군도 그자를 존경하셨고,

그자는 이제껏 장군을 해치지 않고 있소. 내 비록 어리나,

날 이용하시면

15　　장군은 그자로부터 신임을 얻을 수도 있을 것이오. 게다가

연약하고, 가련하고, 죄 없는 어린양을 바쳐

분노한 신을 달래는 것은 현명한 일이기도 하오.

맥더프 소인은 역심을 품지 아니하옵니다.

맬컴 　　　　　　　　　　　　하지만, 맥베스는 역심을 품었소.

선량하고 후덕한 성품을 지닌 자도 제왕의 명령을 받으면

20　　움츠려 드는 법이오. 그러나 내 장군에게 용서를 비는 바이오.

나의 의심이 그대의 본성을 바꿀 수는 없을 것이오.

대천사가 타락했어도, 천사는 여전히 빛을 발하는 법.

비록 온갖 추악한 것들이 선량한 것으로 외모를 꾸며도

선은 선으로 드러나기 마련이오.

맥더프 　　　　　　　　　　소신은 희망을 잃었사옵니다.

25　 **맬컴** 장군의 처신을 내가 의심하기 때문일 것이오.

장군은 어찌하여 아무도 보호해 주지 않는 적지에

(삶의 귀중한 동기이며, 사랑의 강력한 매듭인)

처자식을 두고 떠나왔단 말이오? ─ 부탁하건데

나의 의심이 장군의 불명예가 아니라 나의 자위책으로

30　　여겨지길 바라오. 내가 어떻게 생각하든 장군은 진정

의로운 사람일 것이오.

맥더프 　　　　　　　　　피 흘려라, 피를 흘려라, 불쌍한 조국이여!

거대한 폭정아, 너의 토대를 굳건히 다져,

미덕도 감히 너를 제어할 수 없도록 하라! 부당하게 얻은

대권을 마음껏 휘둘러라.

너의 왕권은 확인되었다! —[180] 세자 저하! 안녕히 계시옵소서.

저 폭군의 손아귀에 들어있는 전 국토에 부유한 동방을   35

덤으로 얹어 준다 해도 소인은 저하가 생각하시는

그런 악당은 될 수 없나이다.

맬컴   노여워하지 마시오.

장군을 완전히 불신해서 하는 말이 아니오.

나도 조국이 멍에를 쓰고 억압받고 있다고 생각하오.

조국은 흐느끼며, 피 흘리고 있소. 또한 새 날이 밝아올   40

때마다 조국의 상처에는 깊이 베인 상처가 더해지고 있소. 한편,

나의 대의명분을 지지하는 도움의 손길도 있다고 생각하오.

그리고 여기서 자비로운 영국 왕으로부터 수천의

원군을 지원 받았소이다. 그러나 이 모든 일에도

불구하고, 내가 저 폭군의 머리를 짓밟거나, 그 수급을   45

내 칼끝에 꿰게 되면, 그땐 나의 불행한 조국은

왕위를 이어 받을 군주로 말미암아, 종전보다 더 심한 역경에

처하게 될 것이고, 종전보다 더 여러 모양으로 더 많은

고통을 당하게 될 것이오.

맥더프   그런 군주가 누구이옵니까?

맬컴 나 자신을 두고 하는 말이오. 내가 아는바, 내 속에는   50

---

180. 맬컴이 왕권에 대해 이의를 제기하지 않고 도주해 버렸기 때문이다.

온갖 종류의 악이 접붙어 있어서,

이것들이 싹을 피울 때는, 시커먼 맥베스도

백설처럼 하얗게 보일 것이오. 그러면 가련한 백성들은

맥베스를 나의 끝 모르는 악행과 비교하며, 그를 양 같은

선량한 인간으로 우러러 볼 것이오.

55 **맥더프**   끔찍한 지옥에서도

악행에 있어 맥베스 이상으로 더 큰 저주를 받을

악마는 없을 것이옵니다.

맬컴   나도 그자가 잔인하고,

호색적이고, 탐욕스럽고, 거짓투성이에 기만적이고,

폭력적이며, 사악하고, 이름붙일 수 있는 온갖 죄악을

60 다 지닌 자라는 것을 인정하오. 그러나 나의 욕정에도

한도가 없소이다. 그리하여, 당신네들의 아내들, 딸들,

가정부이거나, 하녀들이거나 전부가 내 욕정의

물통을 채울 수는 없을 것이오. 또한 나의 욕정은

그 욕정을 제어하는 온갖 자제력을 압도해 버릴 것이오.

65 그런 인간이 다스리는 것보다

맥베스가 나을 것이오.

맥더프   타고난 무절제한 방종도

폭정이옵니다. 그 방종으로 행복했던 왕위가

삽시간에 주인을 잃고, 많은 왕들이

몰락했사옵니다. 그러하오나[181] 세자 저하의 것을 차지하시는

---

181. 순서가 바뀌어 맥더프가 맬컴을 시험하고 있으며 맬컴이 더 많은 것을 실토하도

것으로 인해 두려워하실 것 없나이다. 은밀히   70
마음껏 향락을 누리시고 겉으로만 순결을 가장
하시옵소서─세상 사람들의 눈을 그렇게 가리실 수 있나이다.
기꺼이 몸을 바치려는 여인이 많을 터이므로, 저하의 내면에
아무리 욕정이 넘치더라도, 세자저하의 지고하신 마음이 어떠한지를
알고서 저하에게 기꺼이 몸을 바치려는 허다한 여인들을   75
다 탐하실 수가 없을 것이옵니다.

맬컴   이뿐 아니라, 나의
사악한 기질 중에 채워지지 않는 탐욕이 자라고 있어
내가 왕이 되면, 영지를 탐해 귀족들의 목을 벨 것이며,
이자의 보물을, 저자의 집을 탐할 것이오.
또한 나의 소유가 증가되는 것이 식욕을 돋우어,   80
나로 하여금 더 많이 갈취하도록 만들 것이오.
이른바 나는 선하고 충성스러운 백성들을 겨냥해
부당한 분쟁을 일으킬 것이며, 그들을
파멸시켜 그들의 재산을 차지할 것이오.

맥더프   그와 같은 탐욕은
그 뿌리가 깊어, 한여름 같은 청년의 색욕보다도   85
더 유독한 뿌리에서 자라는 법이옵니다. 그리고 이 탐욕은
왕들을 베어버린 칼의 역할을 하였사옵니다. 하오나 염려치 마옵소서.
스코틀랜드에는 저하의 욕망을 채울만한 저하의 몫이
충분히 있나이다. 다른 미덕들과 균형을 이룬다면

록 유도한다.

이 모든 탐욕은 견딜만한 것이옵니다.

맬컴 그러나 그런 미덕이 나에겐 없소. 왕에게 합당한 미덕들,

이를테면 정의감, 진실, 절제, 지조,

관대함, 견인불발, 자비, 겸손,

헌신, 인내, 용기, 불굴의 기상 등,

나에게는 이런 것들의 흔적도 없소이다. 반면에

내 행위에 온갖 모양의 죄악의 분파들이 있어 온갖 방식으로

죄악들을 실현하고 있소. 아니오. 내가 권좌에 오르면,

조화의 달콤한 젖을 지옥에 쏟아버리고

세상의 평화를 뒤엎고, 지상의 모든 조화를

파괴해 버릴 것이오.[182]

맥더프   오, 스코틀랜드여! 오, 스코틀랜드여!

맬컴 그런 자도 나라를 다스릴 자격이 있다면, 말해보시오.

나는 내가 말한 그대로의 인간이오.

맥더프   다스릴 자격이라니요?

아니오, 살아갈 자격도 없으십니다. ― 오, 도탄에 빠진 조국이여!

찬탈폭군이 움켜쥔 피 묻은 왕홀의 지배를 받는 그대는

언제쯤에나 태평성대를 맞이하게 될 것인가. 왕위의 진정한

계승권자는 스스로 자신을 금치산자[183]로 선고함으로써

---

182. 97-100. 이 부분은 홀린셰드의 서술에서 맬컴이 언급하지 않은 죄목들이다. 도버
    윌슨은 이 부분이 기독교 왕국들의 재통합을 위해 노력 중이던 제임스 1세 왕을
    기쁘게 해주기 위해 첨가되었다는 의견을 제시한다.

183. interdiction. 금지, 금제(禁制), [법] 금치산 선고. 통상적으로 권위 있는 당국이 행
    사하는 강제적인 금지 조치, 특별한 성무·성찬 등의 교회법적인 일에 참가하는

자신의 혈통을 모독하고 계시는 형국이니? 부왕께서는
비길 바 없는 성군이셨으며, 저하를 낳으신
왕비마마께서는 서 계실 때보다 무릎 꿇고 계실 때가 더
많았다 하셨사옵니다. 내세를 준비하시느라   110
마마님은 매일 돌아가셨습니다.[184] 안녕히 계시옵소서!
저하께서 자신에게 덧입히시는 이 악덕들이
소인을 스코틀랜드로부터 추방하셨나이다. - 오, 내 가슴이여,
여기서 너의 희망도 종말을 고하는구나!

맬컴   맥더프 공, 진실한 마음에서
비롯한 이처럼 고결한 격정이, 내 영혼으로부터   115
검은 의혹들을 말끔히 씻어내고, 공에 대한 나의 생각과
공의 고귀한 진심과 충성심을 화해시켜 놓았소. 악마 같은 맥베스가
온갖 계략으로 나를 자신의 수중에 넣으려고 꾀하고 있는
터인지라 나도 신중한 지혜로 맞서 소홀히 과신하는
처사를 억제하고 있소이다. 천상의 하나님께서   120
공과 나 사이에 개입하시기를! 왜냐하면
이제부터 나는 공의 지시에 따를 터이며, 내 자신에 대한
비난을 거두어들일 것이기 때문이오. 이 자리에서 엄숙히
선언하는바, 내 자신에게 가했던 오욕과 비방거리들은

것을 금하는 성무 금지령. 그러나 'interdiction'이 이 장면에서는 스코틀랜드 법
률 용어인 듯하다. '온전치 못한 정신 상태나 심신상실 등의 이유로 자신의 일상
사를 관리할 수 없는 자에게 가해지는 금제(禁制)' (O.E.D.).
184. 1 Corinthians 15:31 '나는 날마다 죽노라.'

125 나의 천성에는 없는 것들이오. 나는 지금까지

여인을 가까이 한 적 없고, 거짓맹세를 결코 하지 않았으며,

내 자신의 것조차도 탐해본 적이 없고,

단 한 번도 신의를 저버린 적이 없어, 악마일지라도 배신해

그의 패거리에게 넘기는 짓은 삼갈 것이며, 생명보다도

130 진실 안에서 더 기뻐할 것이오. 내가 생애 처음으로 뱉은

거짓말은 바로 나 자신을 비난하는 것이었소. 진실한 내

자신을 공과 우리의 가련한 조국에 의탁하는 바이오.

그 조국을 향해, 사실인즉, 공이 이리로 오시기전에,

노(老)시워드 백작[185]께서 만반의 전투태세를 갖춘

135 정예군 일만여 명을 거느리고 출정하셨소이다.

이제 힘을 합쳐, 승리의 기회가 우리의 정당한 명분이 그러하듯

확고해지기를 비는 바이오. 공은 어찌하여 아무 말씀이 없으시오?

맥더프 이처럼 기쁜 일과 그렇지 않은 일이 동시에 닥치니,

조화시키기 어렵사옵니다.

영국인 시의 등장

맬컴   그러면, 후에 좀 더 얘길 나누지요.

140 왕께서 행차하십니까?

시의 그러하옵니다, 저하. 한 무리의 불쌍한 사람들이,

---

185. Old Siward. 노섬버런드 백작 베오른(Beorn)의 아들. 그는 고해왕 에드워드(King
    Edward the Confessor)가 1053년 고드윈 백작(Earl Godwin)과 그의 아들의 반란
    을 진압할 때 에드워드 왕을 지원했다.

전하의 치료를 기다리고 있사옵니다. 그들의 질병은
아무리 고명한 의술로도 치료되지 않았으나, 전하께서 손을
한번 대시니, 하늘이 치유의 은사를 그의 손에 부어주신지라,
그들이 이내 완쾌되옵니다.

맬컴   고맙소이다. 시의.   [시의 퇴장.]   145

맥더프 시의가 무슨 질병을 일컫는 것이옵니까?

맬컴   연주창[186]이라 불리는 병이오.

인자하신 왕께서 신묘한 이적을 행하시는데,
나도 여기 영국에 머물면서부터 왕께서 그런 이적 행하시는 것을
자주 목격하였소. 왕께서 하나님께 어떻게 소원을 아뢰는지는
그 자신이 가장 잘 아실 터이지만, 끔찍한 역병으로   150
온몸이 부어오르고 곪아터져 보기에도 처참하기 그지없고
의원들도 치료해볼 엄두를 못내는 사람들을,
그들의 목에 금전[187] 한 닢씩을 걸어놓으시고
거룩한 기도를 드리시며 병을 치유하시는 것이지요.
들리는 바, 전하께서 이 치유의 은사를 왕위 계승자에게   155
물려주신다 하오. 이 신묘한 은사에 더하여 그는 하늘이 내리신
예언의 능력도 지니고 계십니다. 온갖 축복이 그의 왕좌 주변을
둘러싸고 있으니 이는 그분에게 충만한 은총이 임하고 있음을

---

186. the Evil. the king's evil, 즉 scrofula. the king's evil이라 불렸던 이유는 왕이 손
    을 대면 병이 치유된다고 생각되었기 때문이다.
187. 성 미카엘 성자의 형상을 인각시켜 특별히 주조한 10실링 가치의 동전. 튜더왕조
    군주들은 환자에게 이 동전을 집은 손으로 성호를 그렸으나 제임스 왕은 이 의식
    을 미신으로 간주해 병든 자의 목에 동전을 목걸이처럼 걸어만 주었다 (E).

말해주는 것이오.

로스 등장

맥더프　　　　　　저기, 누구 한사람이 오고 있사옵니다.

160 **맬컴**　우리 동포요.[188] 허나 누군지는 모르겠소.

맥더프 고매하신 종제, 환영하는 바이오.

맬컴 이제야 누군지 알겠소. 선하신 하나님, 우리로 하여금 타국을
전전하게 만드는 그 근원을 속히 제거하여 주시옵소서!

로스　　　　　　　　　세자 저하, 아멘.

맥더프 스코틀랜드는 여전히 같은 형편인지요?

로스　　　　　　　　　아, 가련한 나라!

165　자신의 형편을 알기도 무서운 형국이옵니다. 조국이라기
보다 우리의 무덤이라고 불러야 할 터이며, 조국의 형편에
대해 전혀 무지한 자 외에는 그 누구도 미소 짓지 않는 나라,
그곳에는 탄식과, 신음소리, 그리고 대기를 찢는 비명소리가
울려 나와도 누구하나 관심 갖지 않으며, 가슴 미어지는 슬픔도

170　별것 아닌 감정으로 치부되고, 조종이 울려도 누구를
위한 것인지 묻는 이가 없사옵니다. 선한 자들의 목숨은 그들이
모자에 꽂은 꽃보다 먼저 시들어버리는데,

---

188. 맬컴은 로스의 의상으로 그가 스코틀랜드 인임을 알아차리는데, 이는 셰익스피어
의 무대에서 스코틀랜드 인들은 구분되는 복장, 가령 챙 없는 스코틀랜드 식 모자
(bonnet) 등을 썼다. 맬컴이 로스가 말하기 전까지 그를 알아보지 못한 것은 맬컴
이 스코틀랜드를 떠난 지가 오래 되었음을 드러낸다.

그들이 병들기도 전에 죽기 때문이옵니다.

맥더프   오, 너무나 정확한

그러나 너무나 적나라한 말씀이옵니다!

맬컴   새로운 슬픈 소식은 무엇이오?

로스 단 한 시간 전의 참사를 전한 사람도 조롱을 받사옵니다.   175

매순간 새로운 참사가 터져 나오고 있나이다.

맥더프   소생의 처는 어떠하오?

로스 저, 잘 지내십니다.[189]

맥더프   내 어린것들은?

로스   역시 편히 있소이다.

맥더프 폭군이 소생 가족들의 평안을 깨뜨리지 않았단 말씀이오?

로스 그렇소이다. 소신이 그들을 떠날 때까지는 무사했소이다.[190]

맥더프 말씀을 너무 아끼지 마시오. 어찌된 일이오?   180

로스 그 소식을 지니고, 소인이 그 슬픈 소식을 전하기 위해

이리로 올 때 이미 출정했다는 수많은

민병의 무리들에 관한 풍문이 퍼졌던 바였으며,

소인이 폭군의 군대가 출동하는 것을 목격하였기에

그 풍문이 사실인 것으로 확신하게 되었소이다.   185

이제야말로 조국을 구할 때이옵니다. 저하께서 스코틀랜드에

모습만 드러내시면 병사들이 운집할 것이며,

---

189. well. 좋지 않은 소식을 점잖게 전할 때 자주 사용되는, 의도적으로 모호한 표현. 건
    강 상태가 좋다는 의미일 뿐 아니라, 이를테면 천국에서 평안하다는 의미를 지닌다.
190. well at peace. 죽어서 평온한 상태라는 또 다른 의미로 쓰인 표현.

무서운 고통을 벗어버리기 위해
부녀자들도 싸울 것이옵니다.

맬컴   우리가 그곳으로 출정 할 것이기에
백성들이 안도해도 되오. 인자하신 영국 왕께서
190   용맹하신 시워드 백작과 일만 명의 병사를 내어주셨소이다.
백작은 노련한 명장으로 기독교 국가들에서는 비견될 자가
따로 없을 정도이오.

로스   이 기쁜 소식에 소신도 그에 상응하는
소식으로 화답할 수 있으면 좋겠사옵니다만! 허나, 소신이
가져온 소식은 아무도 들을 자 없는 황야에서 허공을
향해 울부짖어야 할 소식이옵니다.

195 **맥더프**   무엇에 관한 소식이오?
공적인 것이오? 아니면 한 사람의 가슴을 아프게 할
개인적인 슬픔이오?

로스   정의로운 자라면 슬픔을
함께 하지 않을 수가 없을 것이 옵니다. 설령 그것이 온전히
귀공 개인에게 관련된 것일지라도.

맥더프   나에 관한 것이라면,
200   숨기지 마시고, 지금 바로 알려주시오.

로스   지금껏 들어보지 못한 비참한 소리를 들려주었다고
귀공의 귀가 소생의 혀를 영원히 저주하지
않도록 해주시오.

맥더프   아! 짐작이 가오.

로스 공의 성채는 습격당했고, 공의 부인과, 자녀들이

무참히 살해당했소이다. 이를 소상히 말씀드리면   205

살해당한 귀한 시신들 위에 공의 시신을 더하는

꼴이 될 것이오.

맬컴   자비로운 하늘이시여!

이런, 장군! 모자로 얼굴을 가리려 하지 마시오.

슬픔을 말로 드러내시오. 슬픔을 소리쳐 드러내지 않고

비탄에 젖은 가슴에 속삭이면, 가슴이 터지고 말 것이오.   210

맥더프 어린 것들까지?

로스   부인도, 자녀들도, 하인들도, 보이는

대로 모조리.

맥더프   그런데도 나는 그곳을 떠나야 했단 말인가!

소생의 아내도 살해당했다고요?

로스   말씀드린 대로 입니다.

맬컴   진정하십시다.

이 치명적인 슬픔을 치유하기 위해서라도

준엄한 복수라는 명약을 만들어 내십시다.   215

맥더프 그 자에게는 자식이 없소.[191] ─ 내 애지중지하는 것들을 모조리?

---

191. He has no children. 세 가지 설명이 가능하다. ① 'He'가 맬컴을 지칭할 경우,
자신의 자식이 있다면 슬픔의 치유책으로 복수를 제안하지 않을 것이라는 의미.
말론과 브래들리가 이 설명을 지지한다. ② 'He'가 맥베스를 지칭할 경우, 자식
이 없는 맥베스를 상대로 자신이 온전한 복수를 행할 수 없을 것이라는 의미. ③
'He'가 맥베스일 경우, 맥베스가 자신의 아이들을 키우고 있다면 결코 맥더프의
아이들을 살해하지 않았으리라는 의미.

전부라고 하셨소? ─ 오, 지옥의 솔개 같은 놈! ─ 전부라고?

도대체, 내 귀여운 병아리 같은 자식들 모두, 그리고 그 어미까지,

한 번에 다 채갔단 말씀이오?

맬컴 대장부답게 슬픔을 이겨내셔야 합니다.

220 **맥더프**   그리 할 것이옵니다.

그러나 대장부로서 그것을 느껴야겠나이다.

소생은 처자식들이 소생에게 얼마나 소중했던 것인지 기억하지

아니할 수 없나이다. ─ 하늘이 굽어보시고도 불쌍한 것들의

편이 되어 주지 않으셨단 말입니까? 죄 많은 맥더프여!

225 그들은 모두 너로 인해 살해당했다. 나야말로 사악한 인간,

자신들의 죄가 아니라, 내 죄로 인해, 가족들은 참변을 당했다.

하늘이여, 이제 그들을 편히 잠들게 해주시옵소서.

맬컴 이 일을 공의 칼을 가는 숫돌로 삼도록 하시오. 슬픔을

분노로 바꾸시고, 가슴을 무디게 마시고, 격분시키시오.

230 **맥더프** 오! 소생도 아녀자처럼 눈물 흘리고, 입으로 호언장담을

늘어놓을 수 있다면, ─ 그러나, 자비로우신 신들이여,

모든 장애물들을 다 제거해주시고, 이 스코틀랜드의 악마와

저를 대면시켜 주시옵소서. 저의 칼날이 닿을 수 있는

거리에 그 자를 세워주소서. 만약 그 자가 내 칼을 피하면

하늘이 그 자를 용서하소서.

235 **맬컴**   대장부다운 말씀이오.

자, 국왕께 가십시다. 우리 병사들은 출정준비를 갖추었소.

작별인사만 남았소. 맥베스는 무르익어

흔들면 떨어질 것이오. 천군천사들도 우리를 위해
무장을 갖추었소. 할 수 있는 한 기운을 내시오.
밤이 아무리 길어도 낮은 오기 마련이오.   240

[퇴장.]

5막

1장

[던시네인, 성안의 한 방.]

시의 한 명과 시녀 한 명 등장

시의 당신과 이틀 밤을 함께 지켜보았으나, 당신이 알려준 바가
사실인지를 알아내지 못했소. 왕비 마마께서 최근에
배회하신 때가 언제였소?

시녀 전하께서 출정하신 이래로, 저는 마마께서 침상에서 일어나셔서,
5   잠옷을 걸치시고, 장롱을 열어, 종이를 꺼내서는, 접고, 그 위에
몇 자 적으시고,[192] 읽으시고, 그 후에 봉하시고는,
다시 침상에 드시는 걸 지켜보았사온데 이러시는 동안
내내 깊은 잠에 빠져 계셨사옵니다.

시의 심신에 큰 변고가 생긴 듯하오. 수면의 은혜를 누리시면서,
10   동시에 깨어 있을 때의 행동을 하시다니!
이 몽유상태에 계시는 동안, 걸으시고 그리고 드러내신 다른
행동들 외에, 말하자면, 어느 때든지, 마마께서 뭐라고
말씀하시는 것을 들어본 적이 있소이까?

시녀 있사오나, 시의님, 그대로 옮길 수는 없는 일이옵니다.

15 **시의** 하셔도 되오. 나에게는, 아니, 의당 그렇게 하셔야지요.

---

192. 맥베스에게 쓰는 편지. 남편은 더 이상 자신과 일을 상의하지 않지만 여전히 남편
의 행동을 통제하려는 의도의 발현. 모종의 고백일 수도 있다 (M).

시녀 시의님께든, 어느 누구에게든 할 수 없나이다. 제 말을 확인해줄 증인이 없기 때문이옵니다.

맥베스 부인 등장, 촛불을 들었다.

보셔요! 마마께서 오십니다. 말씀드린 바 그대로의 모습이옵니다. 분명, 깊은 수면 중이옵니다. 주의해서 보세요. 몸을 숨기시고.

시의 어떻게 해서 저 촛불은 들고 나오시는 것이오? 　　　　　　20

시녀 그야, 곁에 두고 계시니 그러하지요. 언제나 촛불을 곁에 두고 계 시옵니다. 그리하도록 분부하셨사옵니다.

시의 보시오. 눈을 뜨고 계시오.

시녀 네, 허나 시력은 닫혀있사옵니다.

시의 지금 하시고 계신 일이 무엇이오? 보시오, 두 손 비비고 계신 저 　25 모습 말이오.

시녀 습관이 되신 행동이온데, 두 손을 씻고 계신 듯 하옵니다. 소녀는 마마께서 한 시간의 사분의 일을 계속 해서 저러시는 것을 본적이 있사옵니다.

부인 아직도 여기 흔적이 있어. 　　　　　　　　　　　　　　　30

시의 조용히! 말씀하십니다. 하시는 말씀을 적어둬야겠소. 나의 기억력을 보다 확실하게 입증하기 위함이요.

부인 지워져라, 저주받을 흔적아! 사라져다오! ─하나, 둘,[193] 그래, 그 일을 결행할 시간이야. ─지옥은 어둡구나. ─이런, 영주님, 이런! 무사이신 분이 두려우시다니요? ─누가 그것을 　35

─────────────

193. 던컨 왕 시해 직전에 그녀가 들었던 시계 소리를 떠올리고 있다.

알게 될까봐 두려워할 게 뭐겠어요, 우리의 권력을 두고

시비할 자 아무도 없는데? ─ 하지만 그 늙은이가 그렇게 많은

피를 몸뚱이에 지니고 있는 걸 누가 생각이나 했겠사옵니까?

시의 저 말씀 들으셨소?

40 **부인** 파이프의 영주 맥더프에게 아내가 있었지. 그 여자가 지금은

어디에 있지? ─ 도대체, 이 손은 영영 씻기지 않으려는가? ─

그만하세요, 영주님, 그만하시라니까요. 이렇게 놀라 소동을 부리시면

일을 다 망치시옵니다.

시의 저런, 저런. 결코 알아서는 안 될 일을 알게 되었소.

45 **시녀** 분명, 마마께서 해서는 안 될 말씀을 하셨습니다.

마마께서 알고 계시는 것은 아무도 모르는 일이옵니다.

부인 여기 피비린내가 아직 배어있구나. 아라비아의 온갖 향수로도

이 작은 손 하나 씻어내지 못하다니.

아! 아! 아!

50 **시의** 어쩌면 저런 탄식을! 마음이 무겁게 짓눌려져 있소이다.

시녀 일신의 고귀한 신분을 대가로, 가슴속에 저런 고통을 품고

살고 싶진 않사옵니다.

시의 그럼요, 그럼요, 그렇지요.

시녀 완쾌되셔야 할 텐데요, 시의님.

55 **시의** 이 병은 내 의술로는 감당할 수 없소이다.[194] 하지만

수면 중에 걸어 다니고도 그들의 침상에서

---

194. 시의는 하늘이 부여한 의술로 생명을 구하는 잉글랜드 왕실과 '감당할 수 없는
병'을 지닌 스코틀랜드 왕실의 대비를 드러내기 위해 등장한 인물 (HU).

편히 운명하신 사람들을 알고 있소이다.

부인 손을 씻으세요. 실내복을 입으세요.

그렇게 파랗게 질려있지 마세요. ―다시 말씀드리지만, 뱅코우는 죽어

땅에 묻혔어요. 무덤에서 다시 나올 수는 없사옵니다.   60

시의 그렇게까지?

부인 침소에 드세요, 침소에. 누가 문을 두드리고 있사옵니다.

자, 어서, 어서요, 어서요, 손을 이리주세요.

한번 저질러진 일은 되돌릴 수 없어요. 침소로, 침소로,

침소로 드세요.   [퇴장.] 65

시의 이제 침소에 드시옵니까?

시녀 이내 그리하시옵니다.

시의 흉흉한 풍문들이 널리 나돌고 있소이다. 인륜에 반한 행위는

인륜에 반한 고통을 초래하는 법. 죄로 병든 마음은

그 마음의 비밀을 말 못하는 베개에라도 뱉어내는 법이오.   70

왕비마마께서는 의원보다는 성직자가 더 필요하오이다.

하나님, 우리 모두를 용서해 주시옵소서! 마마를 잘 돌보시오.

왕비 마마의 신체를 헤칠 수 있는 것들은 다 치워버리시고,

항시 마마를 살피시오. ―그럼, 안녕히.

마마께서 내 마음을 혼동시키시고, 눈을 혼미케 하셨소이다.   75

짚히는 바는 있으나, 감히 말할 수는 없소.

시녀   안녕히 주무시옵소서. 시의님.

[퇴장.]

2장

[던시네인 부근의 시골.]

기수와 고수를 대동하고 맨티스, 케이스네스, 앵거스,
레녹스, 그리고 병사들 등장.

맨티스 맬컴 세자 저하와, 저하의 숙부 시워드 백작, 그리고

맥더프 공이 이끄는 영국군이 가까이 왔소이다.

그들은 복수심에 불타고 있으며, 그들의 사무친 대의명분은

죽은 자들조차 일으켜 세워 피비린내 나고 무서운 공격나팔

소리 요란한 전쟁터로 뛰어들게 할 것이오.

5   **앵거스**   버남 숲 근처에서

그들을 만나게 될 것이오. 영국군은 그 길로 진격 중이오.

케이스네스 도널베인 왕자님이 세자와 동행하시는지 아시는 분 계시오?

레녹스 그렇지 않은 것이 분명하오. 소신이 전체 명문가 출신의

참전병사 명부를 가지고 있소이다. 시워드 백작의 아드님을

10   비롯하여 대장부임을 선언하려는, 수염도 나지 않은

젊은이들이 허다 하오이다.

맨티스   그 폭군의 동태는 어떠하오?

케이스네스 던시네인을 강력한 요새로 구축했소이다.[195]

---

195. 홀린세드의 기록에 의하면 전쟁 막바지에 맥베스가 던시네인 언덕 위에 굳건한
성을 쌓아 저항한다.

어떤 이는 그자가 실성했다 하고, 그자를 덜 미워하는 다른 이는

만용으로 인한 격분 상태라 하오이다. 그러나 분명한 것은,

부풀어 오른 역병을 자제력이라는 혁대로는   15

매어둘 수 없게 되었다는 것이오.

앵거스   이제 그자도 자신의 은밀한

살인행위가 손바닥에 눌어붙어 있으며, 시시각각 일어나는

반란이 자신의 반역을 꾸짖는다는 것을 느끼고 있소.

그가 이끄는 병사들은 명령에 마지못해 움직일 뿐,

충성심이라고는 없소이다. 이제 그자는 왕이란 칭호가   20

마치 난쟁이 도둑놈이 거인의 옷을 훔쳐 입은 것처럼

헐렁해진 것을 느낄 것이오.

맨티스   그렇다면 그자의 마음속 모든

기능이 오직 자신의 존재를 비난하는 데에만 쏠려있는

판국이니, 그자의 고통당하는 감각들이 움츠러들고 놀라서

발작을 일으킨들 누가 탓할 수 있겠소이까?

케이스네스   자, 진군합시다.   25

진정으로 우리가 복종해야 할 분에게 충성을 바칩시다.

병든 이 나라를 치유해 주실 명의를 만나,

그분과 함께, 조국의 병독을 씻어 정화하는데 우리의

피 한 방울조차도 다 쏟도록 하십시다.

레녹스   또한 필요하다면,

군주의 꽃에 물을 뿌리고, 잡초들은 익사시켜야 하오.   30

버남으로 진군합시다.

[행진하며 퇴장.]

3장

[던시네인. 성안의 한 방.]

맥베스, 시의, 시종들 등장

맥베스 더 이상 나에게 보고 하지 말라. 다 도망치게 내버려 둬라.

버남 숲이 던시네인을 향해 밀려오지 않는 한,

난 두려움에 떨지 않을 것이다. 애송이 맬컴이 뭐란 말이냐?

그놈은 여자의 몸에서 태어나지 않았느냐? 인간의 장래 일을

5 　모두 알고 있는 정령들이 나의 운명을 이렇게 점지해 주었다.

'두려워 말라, 맥베스, 여자의 몸에서 태어난 어느 누구도

당신을 이길 수 없으리라'고. — 그러니 도망쳐라. 배신자

영주 놈들아,

가서 영국 바람둥이들과 한패가 되어라.

내가 온전히 지키고 있는 정신과, 내가 품고 있는 용기는

10 　의혹으로 움츠려 들거나, 두려움으로 요동치지 않을 것이다.

하인 한 명 등장

악마의 저주를 받아 까맣게 변하거라. 하얗게 질린 멍청이 놈!

어디서 그 거위 같은 상판을 구해 왔느냐?

하인 일만 명이나 되는—

맥베스   거위 떼 말이냐, 악당 놈아?

하인   군사들이옵니다, 전하!

맥베스 가서 네놈 면상을 찔러, 파랗게 질린 면상에 피칠이나 하여라.

이 간땡이 창백한 놈아!¹⁹⁶ 무슨 군사라 했느냐, 광대 놈아?   15

영혼까지 죽어 없어져라! 네놈의 새하얀 상판이 다른 사람들도

겁먹게 하겠구나. 무슨 군사라 했느냐, 이 겁쟁이야?

하인 황공하오나, 영국군이옵니다.

맥베스 네놈 상통을 치워라. [하인 퇴장.] ─시튼! ─심기가 매스꺼워진다.

그런 얼굴을 보면─시튼!─이 대공세는 내가 평생 영화를   20

누리게 해주거나, 아니면 날 이 자리에서 몰아낼 것이다.

나도 살만큼 살았다. 내 인생 항로도

석양 길에 접어들어 시들고 낙엽으로 떨어진다.

그런데 노년에 반드시 따라야 할

명예, 애정, 복종, 친구의 무리 등을   25

기대할 수 없게 되었구나. 그 대신에,

소리 크지는 않으나 깊은 저주, 입에 발린 아첨,¹⁹⁷ 빈말만 들어,

심약한 마음이 뿌리치고 싶은 것들이지만, 감히 그렇게도 못한다.

시튼!─

---

196. lily-liver'd boy. 두려움은 간에 붉은 혈액이 부족해 생기는 것으로 간주되었다
(K). 거너릴(Goneril)이 악행에 동참하지 않는 남편 알바니(Albany)를 경멸하며 그
를 '우윳빛 간을 지닌 남자'(milky-liver'd man)라고 부른다 (*King Lear*, 1.4.351,
4.2.50)

197. mouth-honour. '…이 백성이 입으로는 나를 가까이 하며 입술로는 나를 공경하
나 그들의 마음은 내게서 멀리 떠났나니…'(*Isaiah*, 29.13)

시튼　무슨 분부이시옵니까?

30　**맥베스**　　　　　다른 소식이 있느냐?

시튼　지금까지의 보고가 다 사실로 확인 되었사옵니다, 전하.

맥베스　내 뼈에서 살점이 찢겨 나갈 때까지 싸울 것이다.

　　　내 갑옷을 가져오너라.

시튼　　　　　아직은 그리 아니하셔도 되겠나이다.

맥베스　입어야겠다.

35　기병을 더 보내 온 나라를 두루 순찰하게 하라.

　　　공포심을 퍼트리는 자는 교수형에 처하라. 내 갑옷을 다오. ―

　　　　　　　　　[시튼이 무구들을 가지러 간다.]

　　　돌보는 환자는 어떤가, 시의?

시의　　　　　육체적 질병은, 전하,

　　　몰려드는 환상으로 고통당하시는 것만큼은 위중치 않사옵니다.

　　　그로 인해 평온을 누리지 못하시옵니다.

맥베스　　　　　그것을 고치라는 것이다.

40　그대는 병든 마음을 다스려,

　　　기억으로부터 뿌리 깊은 슬픔을 뽑아내고,

　　　뇌수에 깊이 새겨진 고통을 지우는 한편,

　　　슬픔을 잊게 하는 달콤한 망각제를 처방하여 왕비의

　　　가슴을 짓누르는 위험천만한 것들을 숨 막힐 듯한 가슴에서

　　　말끔히 씻어낼 수 없단 말이냐?

시의　　　　　　　　　　　　그러한 것들은 환자 자신이
스스로 다스리셔야 하옵니다.[198]

시튼이 갑옷과 무구병(武具兵) 한 명을 데리고 등장,
병사는 즉시 맥베스에게 갑옷을 입히기 시작한다.

맥베스 그런 의술은 개에게나 줘버려라. 그 따위 것은 필요 없다. ―
자, 갑옷을 입혀라. 나의 지휘봉을 다오. ―
시튼, 출전시켜라. ―시의, 영주들은 내게서 달아나고 있다. ―
자, 어서 입혀라.[199] ―시의, 만약 그대가 이 나라의 소변으로　　50
나라가 고통당하는 원인의 질병을 진단하고, 그것을 이전처럼
건강하고 온전한 상태로 깨끗이 정화시킬 수 있다면 그대에게
박수갈채를 보내 그것이 메아리쳐 울리고, 그 메아리가 다시
그대를 찬양하게 할 것이니라. ―갑옷을 벗기라고 하잖느냐.[200]
대황즙, 취산화서 또는 어떤 하제(下劑)를 쓰면　　　　　　　55
이 땅에서 영국 놈들을 쓸어 낼 수 있겠느냐? ―놈들에 관한 소문을
들었느냐?

시의 그러하옵니다. 전하. 전하의 출전 채비에 따른
여러 소문을 듣고 있사옵니다.

맥베스　　　　　　　　　　　나중에 고하도록 하라. ―

---

198. 시의는 맥베스가 아내를 내세워 자신에 관해 이야기하고 있음을 인지한다.
199. 아직 갑옷으로 무장할 때가 아닌 데도 조급하게 요구해서 그것을 입었다가 다시 벗고
하며 갑옷으로 안절부절 못하는 모습은 셰익스피어 연극에서 많이 연출되었다 (W).
200. 맥베스의 흥분상태로 인해 시튼이 갑옷의 한 부분을 온전히 고정시키지 못했다. 이
장면을 통해 드러난 맥베스의 행동을 맨티스가 앞 장면(5.2.23)에서 서술했다.

나는 죽음도 파멸도 두려워하지 않을 것이다.

60   버남 숲이 던시네인으로 치밀고 들어오지 않는 한 그럴 것이다.

[퇴장. 시튼이 무구를 들고 뒤따른다.]

시의 [방백.] 내가 던시네인에서 멀리 영영 벗어날 수만 있다면,

어떤 이득이 생긴다 해도 여기를 다신 오지 않을 것이다. [퇴장.]

4장

[던시네인 근처의 시골.]

고수와 기수를 거느리고, 맬컴, 노 시워드 백작과 그의 아들,
맥더프, 맨티스, 케이스네스, 앵거스, 레녹스, 로스 및 병사들,
진군하며 등장.

맬컴 여러분, 우리가 침실에서 안전하게 잠잘 수 있는

날이 머지않은 것 같소.²⁰¹

맨티스   그럴 것이라 믿어 의심치 않나이다.

시워드 우리 앞에 있는 것이 무슨 숲이오?

맨티스   버남 숲이올시다.

맬컴 모든 병사들로 하여금 가지 하나씩을 베어

앞으로 받쳐 들도록 하시오. 그리하면 우리 편 병사들의   5

숫자를 은폐할 수 있고, 우리에 대한

첩보를 교란시킬 수 있을 것이오.

병사   분부대로 거행하겠나이다.

시워드 우리가 알아낸 바로는 저 오만방자한 폭군은

던시네인 성에 버티고 서서, 우리의 포위 공격을

방어하려는 듯하옵니다.

맬컴   그것이 그 자의 가장 큰 희망이오.   10

---

201. 3. 4. 130-1에서 언급된 맥베스의 염탐 행위를 상기시키는 대사이다.

기회만 있으면 도망쳐

지위를 막론하고 그 자에게 반기를 들고,

붙들려 있는 자들만 마지못해 그자를 섬기긴 하지만,

그들의 마음은 떠나 있으니 말이오.

맥더프   우리의 전세(戰勢) 판단이

진실인 것으로 드러나도록, 힘을 다해

임전무퇴의 각오를 다지도록 하십시다.

시워드   때가 왔소이다.

우리가 얻은 것은 무엇이며, 잃은 것은 무엇인지

말할 수 있을 결정의 때가 말이옵니다.

추측은 우리들의 희망만 반영할 뿐이며

전쟁의 결과는 결전을 치러야만 판가름 날 것입니다.

이를 결행하기 위해 진군하십시다.   [진군하며 퇴장.]

5장

[던시네인, 성안.]

고수와 기수를 거느리고 맥베스, 시튼, 그리고 병사들 등장

맥베스 우리의 군기를 바깥 성벽에 내다 걸도록 하라.

여전히 '적들이 몰려온다'고 소리 지르고 있구나. 우리 성은

견고해 적들의 포위 공격쯤은 코웃음거리에 불과하다. 놈들이 여기에

진 치도록 뒤라. 기아와 역병이 놈들을 다 집어 삼킬 때까지.

우리 편이어야 할 놈들로부터 저놈들이 지원을 받지만 않았던들, 5

담대하게 수염을 맞대고 싸워 놈들을 제 나라로

내쫓아 버릴 수 있을 텐데. 저것은 무슨 소리냐?

[안에서 여인들의 비명소리 들린다.]

시튼 여인들의 비명 소리이옵니다. 전하.

맥베스 나는 두려운 것이 어떠한 것인지 그 맛을 거의 잊고 말았다.

한때는 밤에 비명소리를 들으면, 나의 오관이 10

얼어붙고, 끔찍한 이야기를 들으면, 살갗에 돋은 털들이

솟구쳐 올라, 마치 그 속에 생명이 있는 것처럼,

꿈틀거렸던 때가 있었다. 난 무서운 일들을 한껏 맛보았다.

살의를 품은 생각에 이골이 나

가공할 일에도 놀라지 않는다.

시튼, 다시 등장

15   무슨 비명소리였더냐?

시튼 왕비마마께서 운명하셨사옵니다, 전하.

맥베스 언젠가는 죽어야 할 사람이었다.

그런 소식을 들어야할 때가 언젠가는 오게 되어 있었다. —[202]

내일, 그리고 내일, 그리고 또 내일은,

20   이렇게 아장거리는 걸음으로 매일 매일,

기록된 시간의 마지막 순간을 향해 기어갈 따름이니,

우리가 지나온 모든 어제들은 바보들에게 한줌 먼지로 남는

죽음의 길을 비춰주고 있다. 꺼져라, 꺼져라, 덧없는 촛불이여!

인생이란 한낱 걸어 다니는 그림자일 뿐,

25   무대 위에 머무는 동안 우쭐대고 안달도 부리지만[203]

이내 아무 소리 들리지 않는 가련한 배우. 그것은 바보가

들려주는 이야기, 소리와 격정으로 가득 차 있으나,

아무 의미 없는 것.

---

202. There would have been a time for such a word. '아내의 죽음은 좀 더 평화로운
때까지 미루어졌어야 했다(Her death should have been deferred to a more
peaceful hour). 좀 더 살았더라면, 그런 소식을 들을 보다 적절한 시간이 있었을
것이다' (Johnson). 맥베스가 아내의 부음(訃音)을 무감각하게 받아들인다. 사인
(死因)을 묻지도 않는 정도이다 (K).

203. 배우는 실재의 삶을 재연하는 것이 아니라 그것을 모방할 뿐이다. 배우의 연기가
삶에 대한 조소인 만큼, 삶 자체도 가련하기 짝이 없다. 따라서 삶과 배우의 연기
는 가련하게도 덧없는 것들이다 (K).

너도 혓바닥을 놀리려 왔을 터이니, 어서 할 말을 하라.

사자 인자하신 전하,   30

소인은 소인이 직접 본 것을 아뢰어야 하오나,

어떻게 아뢰어야 할지를 모르겠나이다.

맥베스   괜찮으니, 고하라.

사자 소인이 언덕 위에서 파수를 보던 중에,

버남 숲을 바라보았사온데, 한 순간, 소인 생각에,

숲이 움직이기 시작했나이다.

맥베스   천한 거짓말쟁이 같으니!   35

사자 그것이 사실이 아니라면, 전하의 노여움을 기꺼이 받겠나이다.

여기 삼마일 이내에서는 그것이 다가오는 걸 볼 수 있사옵니다.

움직이는 숲, 말이옵니다.

맥베스   만약 네놈이 거짓을 고하면,

네놈을 산채로 근처 나무에다 매달아, 굶겨서

바짝 말려 죽일 테다. 만약 네놈의 말이 사실이면,   40

네놈이 날 그렇게 해도 내가 개의치 않을 것이다. ―

결의를 확고히 다져야겠다. 그런데 악마들이 말했던

모호한 예언들에 의심이 가기 시작하는구나.

그것들은 마치 진실 같은 거짓말을 했다. '두려워 말라, 버남 숲이

던시네인으로 밀고 올라올 때까지는'이라고. 그런데 지금 그 숲이   45

던시네인으로 향해 오고 있다. ―무기를 들라, 무장하고 출정하라! ―

저놈이 내게 확언했던 것이 정말 눈앞에 나타나면,

여기서 도망칠 수도, 머물 수도 없다.

이제 햇빛을 보는 것도 싫증이 난다.

50 그러니 우주의 질서가 다 허물어져 없어져라. ―

경종을 울려라! ―바람아, 불어라! 파멸이여, 오라!

적어도 갑옷을 갖춰 입고 죽을 테다.   [퇴장.]

6장

[**던시네인. 맥베스의 성 앞에 있는 벌판.**]

고수와 기수를 거느리고 맬컴, 노(老)시워드,
맥더프 그리고 나뭇가지를 든 군대가 등장.

맬컴 자, 이제 충분히 접근하였소. 가렸던 나뭇가지를 던져버리고,
본래의 모습을 드러내시오. ─숙부님은
나의 사촌인 숙부님의 아드님과 더불어
우리 군의 선봉 부대를 지휘해 주시오. 맥더프 장군과 나는,
세워두었던 계획에 따라 남겨진 모든 일들을   5
다 맡아서 수행하겠소.

시워드   떠나겠습니다.
오늘밤이라도 저 폭군의 군대를 만나면
목숨을 다 해 싸울 것이옵니다.

맥더프 진군의 나팔을 불어라, 온 힘을 다해 불어라.
유혈과 죽음을 예고하는 요란한 전령인 나팔을.   10

[나팔소리와 함께 진군하면서 퇴장.]

7장

[던시네인. 전장의 다른 장소.]

맥베스 등장

맥베스 놈들이 날 말뚝에 묶었구나. 도망칠 수 없으니,
말뚝에 묶인 곰처럼[204] 한 판 싸울 수밖에 없다.[205] ─ 누구냐,
여자의 몸에서 태어나지 않은 자가? 그런 자라면
내가 두려워할 것이지만, 다른 그 누구도 두렵지 않다.

젊은 시워드 등장

젊은 시워드 이름이 무엇이냐?

5 **맥베스**   네놈이 들으면 기겁을 할 것이다.

젊은 시워드 아니다. 네놈이 지옥에 있는 어떤 자보다 더 극악한 이름을
대도 난 두렵지 않다.

맥베스   내 이름은 맥베스이다.

젊은 시워드 어떤 악마도 내 귀에 이보다 더 가증스럽게 들리는

---

204. bear-baiting. 곰몰이. 중세 영국사회에서 행해졌던 대중적인 오락거리. 광장 중앙에
설치된 말뚝에 곰을 묶어놓고 굶주린 사냥개를 풀어 곰을 공격하게 하는 놀이.
205. I must fight the course. 'course'는 곰과 굶주린 개떼가 벌이는 싸움을 일컫는 전
문용어였고, '한 판 승부, 시합'(bout, round)의 의미. 이 course는 곰이 쓰러질 때
까지 계속 되었다.

이름을 대지 않을 것이다.

맥베스   그렇다. 더 두려운 이름도 없다.

젊은 시워드 허튼소리 말라, 이 가증스러운 폭군아. 내 이 검으로   10
네놈이 지껄인 거짓을 입증해 보이겠다.

[둘이 싸운다. 젊은 시워드가 살해당한다.]

맥베스   네놈도 여자가 낳았구나.
칼도 우습고, 다른 무기들도 가소롭다.
여자의 몸에서 태어난 자가 휘두르는 것이면.   [퇴장.]

격렬한 칼싸움 소리. 맥더프 등장

맥더프 함성이 저기서 일었구나. ─ 폭군아, 네놈의 얼굴을 드러내라.
네놈이 죽었다고 해도, 내 칼을 맞지 않았다면   15
내 아내와 자식의 망령이 영영 날 따라다닐 것이다.
나는 불쌍한 용병들은 베지 않는다. 그들은 창을 잡도록
삯을 받고 고용되었기 때문이다. 맥베스, 네놈이 아니면,
무뎌지지 않은 내 칼을 쓰지 않은 채 칼집에 도로
꽂아 넣으리라. 저기에 네놈이 분명 있을 것이다.   20
이렇게 큰 소란이 이는 것은, 제일 높은 자 한 놈이
있음을 알려주는 것이다. 운명의 여신이여, 그놈을 찾게 해주소서!
더는 바랄 것이 없나이다.   [맥베스의 뒤를 쫓는다, 공격 나팔소리.]

맬컴과 노(老)시워드 등장.

시워드 이쪽이옵니다. 세자 저하. — 성은 저항 없이 함락되었사옵니다.

25
폭군의 백성들은 양편으로 갈라져 싸우고 있으며,

영주들은 전쟁에서 용감히 싸웠나이다.

승리는 거의 세자 저하의 것이옵고,

이제 더 할 일이 없을 듯하옵니다.

맬컴   나도 우리 편이 되어 싸우는

적들을 만난 적이 있소.

시워드   저하, 성안으로 드시옵소서.

[일동 성안으로 들어간다. 공격나팔.]

8장

[던시네인. 전장의 다른 곳.]

맥베스 등장

맥베스 내가 왜 어리석은 로마인들의 짓을 해 내 칼로 목숨을
끊어야 하는가?[206] 살아 있는 적들을 보는 대로 베어 버리는
것이 더 나은데 말이다.

맥더프 다시 등장

맥더프   돌아서라, 지옥의 사냥개, 돌아서라!
맥베스 모든 사내들 중에 네놈만은 피해 왔었다.
부디 돌아가라.[207] 내 영혼은 네 가족들의 피로 이미   5
가득 차있다.
맥더프   나는 할 말이 없다.
내 말은 이 칼 속에 있다. 말로서는 형언할
수 없는 극악무도한 악한!   [둘이 싸운다.]

---

206. 자결은 패배한 로마 장군들이 생을 마감하는 일반적인 방식이었다. 셰익스피어 극
에서 브루투스(Brutus), 케시어스(Cassius) 그리고 앤소니(Anthonie)가 자결한다.
207. 맥베스가 맥더프를 피한 것은 '맥더프를 조심하라'는 예언 때문이기도 하고, 둘이
싸울 경우 자신이 맥더프를 죽이게 될 것을 믿는 맥베스에게 아직 일말의 연민의
정이 남아있기 때문이기도 하다 (L).

맥베스   네놈은 헛수고를 하고 있다.

네놈의 날카로운 칼이 벨 수 없는 허공에 쉽사리 칼자국을

10   낼 수 없듯, 내 피를 흘리게 하진 못할 것이다.

네놈의 칼로 벨 수 있는 놈들의 머리들이나 내리쳐라.

나는 마력으로 보증된 생명을 지녔다. 그 생명은 여자의 몸으로

태어난 자에게는 결코 굴복하지 않는다.

맥더프   그 마력은 단념하라.

그리고 네놈이 지금도 섬기고 있는 악령에게

15   물어봐라. 맥더프는 달이 차기 전에 어머니의 배를 가르고

나온 자라고 일러 줄 것이다.

맥베스 그따위 말을 지껄이는 그 혓바닥에 저주가 임하라.

그 말이 사내대장부의 기개를 꺾어놓았다.

그 요술쟁이 같은 혼령들은 믿을 바가 못 되니

20   그것들은 두 가지 의미의 말로 날 기만하고, 내 귀에 줄곧

약속의 말들을 속삭여 놓고는 부풀어 오른

나의 기대를 산산조각 내는구나. ─너와는 싸우지 않겠다.

맥더프 그렇다면 항복하라, 비겁한 놈.

그래서 목숨을 부지하여 세상 사람들의 구경거리나 되어라.

25   우리는 네놈의 화상을 그려 진귀한 인간 괴물들을 전시하듯이,[208]

장대 끝에 달아서, 그 아래에다 이렇게 써 붙일 것이다.

'여기 폭군의 화상을 보시라'라고.

맥베스   항복은 하지 않을 것이다.

---

208. 셰익스피어 시대 런던에서 다양한 인간 '괴물들'은 돈벌이가 되는 전시물이었다 (W).

풋내기 맬컴의 발아래서 땅에 입 맞추어야 하고
세상 멍청이들의 저주를 사방으로부터 다 들어야하기 때문이다.
제 아무리 버남 숲이 던시네인으로 몰려오고   30
여자의 몸에서 태어나지 않았다는 네놈이 상대가 되어 도전해
온다고 해도 나는 힘과 용맹을 다해 싸울 것이다.
내 몸을 전사의 방패로 감쌌다. 덤벼라, 맥더프,
'멈춰라, 항복이다!'라고 먼저 외치는 놈은 파멸을 맞는다!

[싸우면서 퇴장. 경종소리, 싸우면서 둘이 다시 등장하고, 맥베스가 살해된다.]

9장

[던시네인. 성 안.]

공격 중지 신호. 요란한 나팔소리, 고수와 기수를 거느리고 맬컴,
노(老)시워드, 로스, 영주들 그리고 병사들 등장.

맬컴   여기에 보이지 않는 전우들이 무사히 돌아왔으면 좋겠소.

시워드 다소의 희생은 불가피 하오나, 여기 계신 분들로 미루어보아
이런 위대한 승리에 우리가 치른 대가는 경미한 것이옵니다.

맬컴   맥더프 장군이 보이질 않소, 그리고 장군의 아들도 그러하오.

5 **로스**   장군, 장군의 아들은 무사로서의 의무를 다하였소이다.

이제 겨우 대장부에 이를 만큼 짧은 삶을 살았지만
자신의 보루에서 한발도 물러서지 않고 싸워
용맹함을 입증해 보임과 함께
대장부답게 전사하였소이다.

시워드   전사하였다 하셨소?

10 **로스**   그러하오이다. 그리고 유해는 옮겨 왔소이다. 장군의 슬픔을
아드님의 인품으로 측량해서는 아니 되오. 그리하시면
그 슬픔에 끝이 없기 때문이오.

시워드   상처는 앞면에 입었던가요?[209]

---

209. 홀린셰드의 『영국사』(*History of England*, p.192)에서는 시워드가 아들의 전사 소
식을 접하고 아들이 상처를 앞면에 입었는지, 등 뒤에 입었는지를 묻고, 앞면에

로스 그렇소. 앞머리에 입었소이다.

시워드   그러면, 그 애를 신의 용사로 삼으소서!

나에게 머리카락만큼 많은 아들이 있다고 해도,

아들들이 그처럼 고귀한 죽음을 맞기를 바랄 순 없을 것이오.   15

그러니, 애도하는 조종은 다 울린 셈이오.

맬컴   더 많은 애도를 받아야하고,

내가 아들을 위해 애도하겠소.

시워드   애도는 이제 충분하옵니다.

아들은 훌륭한 죽음을 맞이하였고 삶의 계산을 다 치렀소이다.

신이여, 아들과 함께 하옵소서!—여기 새로운 소식이옵니다.

맥더프 등장, 맥베스의 머리를 들고 있다.

맥더프 국왕전하 만세! 이제 국왕이 되셨사옵니다. 보시옵소서.   20

찬탈자의 저주받은 머리를. 자유로운 세상이 되었사옵니다.

전하께서는 왕국의 진주들[210]이신 귀족들로 둘러싸여 있사옵고

귀족들의 마음속에는 소신의 마음속에 있는 것과 같은 경하의

말씀이 있사오니, 소신과 함께 크게 외쳤으면 하오이다. —

스코틀랜드 국왕전하 만세!   25

모두   스코틀랜드 국왕전하 만세! [요란한 나팔소리.]

맬컴 과인은 많은 시간을 지체하지 않고

경들 각각의 공적을 헤아려,

입었다는 보고를 듣고 기뻐한다.

210. 스코틀랜드의 귀족들을 전체적으로 언급할 때 사용되었던 보석.

그에 상응하는 공평한 보상을 내려 과인이 경들에게 진 빚을
청산할까 하오. 영주들과 나의 친족 여러분,
30   금후로는 백작으로 봉해질 것인 바, 스코틀랜드에서는
처음으로 수여되는 작위가 될 것이오. 그 밖에 해야 할 일들,
새로운 시대에 새롭게 해야 할 일, ―
즉, 찬탈 폭군의 엄중한 감시의 올무를 피해 국외로
망명을 떠난 우리의 친구들을 불러들이고,
35   이 죽은 도살자와, 자신의 흉포한 손으로 스스로 목숨을 끊은
것으로 알려진 악마 같은 왕비의 잔혹한 추종자들을
끌어내 심판하는 일, ―이러한 일과, 그 밖에 국왕으로서
처리해야 할 모든 일들을, 하늘의 은혜에 따라, 그 정도와
시간과 장소에 응당히 맞추어 합당하게 실행할 것이오.
40   그러면 여러분 모두, 그리고 한 분 한 분에게 감사드리며
스쿤에서 거행될 과인의 대관식에 여러분 모두를 초대하는 바이오.[211]

[나팔소리. 퇴장.]

---

211. 26-41. 엘리자베스 시대의 비극들에서 맺는말(closing speech)은 극의 마지막까지
    살아남은 인물들 중 최고의 지위에 있는 인물에게 배당되었고, 관객들의 관심을
    가장 많이 끈 인물들 중 한 명이 맺는말을 하는 경우는 드물었다. 따라서 맺는말
    은 항상 격식을 갖추었고 일종의 에필로그로 여겨졌다 (K).

작품설명

1. 저작연대와 텍스트

『맥베스』(*Macbeth*)의 저작 연도는, 다른 많은 셰익스피어의 극들의 경우와 마찬가지로, 여전히 논쟁거리로 남겨져 있다. 그러나 이 극이 1605-06년 사이에 씌어졌고 1606년 궁정 연회장인 햄튼 궁(Hampton Court)에서 제임스 1세 왕(James I)과 그의 처남인 덴마크 왕 크리스티 안 4세(Christian IV) 등을 관객으로 공연되었다는 것을 믿을 만한 근거들이 있다. 1611년 점성가이며 돌팔이 의사였던 사이먼 포먼(Simon Forman, 1552-1611)이 남긴 『맥베스』관람기록이 그 중 하나이다.

포먼이 남긴 『맥베스』관람기록은 그것이 직접적이고 유일한 기록이라는 점 때문에 귀중한 자료이다. 포먼의 책 『일상사에 유용한 교훈을 전하기 위해 포먼이 연극과 그것의 평을 기록한 책』(*The Bocke of Plaies and Notes therof per Formans for Common Pollicie*)에는 1611년 봄 글로브 극장 (Globe)에서 있었던 공연에 관한 관람기가 다음과 같이 기록되어 있다.

1610년 4월 20일 [토요일], 글로브 극장에서 공연된 『맥베스』(*Mackbeth*)에서 다음과 같은 이야기를 목격하였다. 먼저, 맥베스와 뱅코우, 스코틀랜드 두 귀족이 말을 몰아 숲속을 지나던 중, 그들 앞을 활보하던 세 명의 요정 혹은 님프들이 맥베스에게 세 번씩이나 맥베스 만세, 코돈[1]의 왕, 왜냐하면 그대가 왕이 되실 분이기 때문, 그러나 왕을 낳지는 못할 것이라고 말하자, 뱅코우가, 맥베스에게는 모든 것을 말하고 나에게는 아무 말이 없느냐고 말했다. 그래요, 라고 님프들은 말했다. 뱅코우 만세, 그대는 왕들을 낳을 것, 그러나 그대가 왕이 되지는 않을 것이다. 그리고 그들은 헤어져, 스코틀랜드의 던컨 왕이 있는 왕궁에 닿았는데 때는 고해왕 에드워드 시대였다. 던컨은 두 장군을 환대하고 맥베스를 노섬버런드 공(Prince of Northumberland)으로 봉한 후에 맥베스를 자신의 성으로 보내고, 다음 날 밤에 맥베스의 성에서 맥베스와 더불어 만찬을 한 후 하룻밤을 유하겠으니 자신을 맞이하라고 이르고, 실제로 그리했다. 맥베스는 던컨을 죽일 궁리를 하고, 아내의 설득에 넘어가 손님으로 온 왕을 자신의 성에서 살해했다. 그리고 그날 밤과 그 전날에 걸쳐 수많은 전조(前兆)들이 나타났다. 맥베스가 왕을 살해했을 때, 그의 손에 묻은 피가 어떤 수단을 써도 씻겨 지지 않았고, 피 묻은 칼들을 숨기느라 그것들을 잡았던 부인의 손에 묻은 피도 씻겨나가지 않았다. 그로인해 둘은 아연실색하지만 위험에 감연히 맞섰다. 시해 사건이 알려지자, 던컨의 두 아들은 목숨을 구하기 위해 한 명은 영국으로, 한 명은 웨일즈로 피신한다. 도망친 것으로 인해 그들은 아버지 살해의 혐의를 받게 되는데, 사실은 그렇지 아니하였다. 그 후 맥베스는 왕위에 오르고, 앞으로 왕을 낳을 것이며 자신은 왕이 되지 못할, 그의 오랜 친구 뱅코우를 두려워하여, 죽이기를 도모했고, 뱅코우가 말을 타고 달리는 중에 자객을 시켜 그를 죽게 만든다. 다

---

1. 코더(Cawdor). 인명에 대한 부정확한 기록은 포먼의 불확실한 기억력 때문인 듯하다.

음날 밤, 맥베스가 주관하는 만찬에 귀족들이 다 초대 되었고, 뱅코우도 참석하기로 되어 있었으나 그는 보이지 않아, 맥베스가 뱅코우의 참석을 바라며 그에 대한 이야기를 시작한다. 맥베스가 뱅코우의 이야기를 하며 그를 위해 건배하기 위해 일어서자, 뱅코우의 유령이 나타나 맥베스 뒤편 맥베스의 의자에 앉는다. 그러자 맥베스가 다시 앉으려고 몸을 돌리는 순간 뱅코우의 유령을 보는데, 유령도 맥베스를 같이 노려본다. 맥베스는 걷잡을 수 없는 두려움과 분노에 휩싸이게 되어, 뱅코우 살해에 대해 많은 변명을 쏟아내고, 귀족들은 뱅코우가 살해되었다는 것을 듣게 되자 맥베스를 의심한다. 이후 맥(Mack)[2]은 던컨 왕의 아들이 피신해 있는 영국으로 가 그곳에서 군대를 일으켜, 스코틀랜드로 돌아와 던스톤 안세(Dunston Anyse)[3]에서 맥베스를 격퇴했다. 그런데 맥더위(Macdouee)[4]가 영국에 피신해 있는 동안 맥베스는 맥더위의 아내와 자식들을 다 죽였는데, 이후 전투에서 맥더위가 맥베스를 죽인다. 맥베스의 아내가 밤에 수면 중에 일어나, 걷고 얘기하고, 모든 것을 다 고백하고, 그리고 시의가 그녀의 말을 기록하는 장면도 다 보았다.

포먼은 부정확한 날짜를 제시하는데, 4월 20일이 1610년도에는 토요일이 아니었다. 그가 『멕베스』를 관람한 것은 1611년 이었다. 그의 관람평은 분명히 홀린셰드(Raphael Holinshed)의 역사서를 읽은 기억과 뒤섞여 있고, 지워지지 않는 피의 흔적은 아마도 시해 이후의 맥베스의 대사와 맥베스 부인의 몽유장면에서 언급된 것들일 것이며, 맥베스가 노섬

---

2. 맥더프.
3. 던시네인.
4. 맥더프.

버런드 공으로 봉해지는 것으로 제시한 것은 큰 과오였다. 점성가로서, 가마솥 장면에서 벌어지는 예언들에 흥미가 있었을 텐데도, 포먼은 그 장면에 대해 아무 언급도 하지 않았다. 그럼에도 불구하고 포먼이 관람했던 연극이 5년 전(1606년)에 제임스 왕 면전에서 공연되었던 연극과 실질적으로 다르다고 믿을 아무런 이유가 없다. 다른 연극들에 대한 관람기록에서도 포먼은 정확하지 못했고, 그는 『멕베스』 관람평도 며칠 혹은 몇 주가 지난 후에 기록했을 수 있다.

포먼이 관람했던 이 1611년 공연이 명백한 첫 번째 공연기록의 대상물이기는 해도, 이 극이 1611년을 기점으로 4년 전에도 존재했다는 것을 거의 확신할 수 있는데, 이는 당대 다른 연극들에서 1611년 공연물의 장면들이 묘사되어 있기 때문이다. *Lingua*(1607)에서는 맥베스 2막 1장을 상기시키는 장면들이 있고, 몽유장면의 패러디처럼 보이는 장면도 있다. 1607년에 공연된 뷰몽과 프렛쳐(Beaumont and Fletcher)의 *The Knights of Burning Pestle*(5.1.22-8)에도 뱅코우의 유령을 연상시키는 장면이 있다.

> 그대가 즐거운 마음으로, 그리고 잔에 가득 찬 포도주를 든 채
> 그대의 친구들과 식탁에 앉아 있을 때,
> 그대가 자부심과 즐거움에 한껏 부풀어 있을 때,
> 타인에게는 보이지 않으나 그대에게는 보이는
> 그것이 그대의 귀에 그렇게 슬픈 이야기를 늘어놓아,
> 그대가 그대의 술잔을 떨어뜨리게 만들고,
> 죽음 그 자체인 것처럼 말문이 닫히고 창백하게 서 있도록 할 것이네.

이 기록들과 더불어, 극중에 언급되는 '연주창'(2.3), 그리고 이중의 보주(寶珠)와 뱅코우 자손들의 왕홀들(4.1)에 대한 언급들로 미루어 보아, 이 극은 제임스1세 왕위등극(1603)해와 1607년 사이, 즉 1606년에 첫 공연되었음이 거의 정설로 굳어진 것이다.

이 극은 제임스 왕을 기쁘게 해주기 위해 쓰인 것이 사실이고, 왕의 심기를 흡족하게 해 주어야 할 더 현실적인 이유도 있었다. 1603년, 셰익스피어가 엘리자베스 여왕시대에 이끌던 극단 '시종장의 충복들'(Lord Chamberlain's Men)이 제임스 왕의 등극과 더불어 '왕의 충복들'(King's Men)로 지위가 바뀌었고 국왕이 명실 공히 극단의 후원자가 되었다. 극단이 친(親)왕실적 태도를 보이지 않을 수 없는 입장에 처하게 되었던 것이다. 극에서 제임스 왕을 만족시키기 위한 의지 중 으뜸은 뱅코우를 스튜어드 왕조(the Stuarts)의 시조로 설정한 것이다. 4막 1장에서 뱅코우를 선두로 여덟 명 왕들의 혼령이 행진하는 장면은 제임스 왕에 대한 극진한 헌신이었다. 이로써 제임스 왕 자신이 스튜어트 왕조의 9대손임이 당당하게 선포된 셈인 것이다. 그러나 사실상, 뱅코우는 16세기 초엽, 스튜어트 왕조의 정당한 시조(始祖)가 불투명했던 것에 대해 불편을 느낀 한 역사학자에 의해 만들어진 가상의 인물이었다. 영국을 방문 중이던 크리스티안 4세 왕에 대한 배려로 극중 덴마크 군의 패배 장면을 삭제한 것은 사소한 첨삭중 하나이다.

극에서는 또한 제임스 1세의 관심사들이 다른 방식으로 반영되었다. 그는 마녀들의 존재를 믿었고, 그가 쓴 『귀신론』(*Daemonologie*, 1599)은

잘 알려져 있었다. 그는 신학자이며 철학자였고, 극에서 되풀이해 벌어지고 있는 것과 같은 불길한 전조들에 대한 설명 등에 지대한 관심을 표명했었다. 『맥베스』가 공연되기 불과 1년 전(1605)에 발생한 '폭약음모사건'(Gunpowder Plot)이 그의 목숨을 심각한 위험에 빠뜨렸던 터라, 극에서 표출되었던 '이중의 의미로 말하기'(equivocation)에 관한 언급들에 제임스 왕은 관객들만큼이나 초미의 관심을 표명했었음이 분명하다. 이 어법은 폭약음모사건을 획책했던 예수회(Jesuit) 교도들의 고안품으로서 혹독한 심문을 받던 예수회 신부들이 죄책감을 덜기 위해 사실을 호도(糊塗)했던 어법이었다. 따라서, 이 어법을 둘러싼 시대상황이 마땅히 극의 주요 소재였다. 이 어법은 다음의 '문지기 장면'과 '작품의 줄거리와 해설' 장(章)에서 상세하게 설명될 것이다.

『맥베스』가 셰익스피어의 전체 서른일곱 편 극들 중 가장 짧은 이유를 설명하기는 어렵지 않다. 이 극이 유독 정치성을 많이 띠고 있는 것으로 인해 왕실 공연 시에 부득불 일정 부분이 검열로 인해 삭제되었을 것이라는 것은 학자들 사이의 일반적 추론이기 때문이다.

셰익스피어는 라파엘 홀린셰드의 『연대기』(Chronicles) 제2권에서 더프 왕(King Duff)과 돈월드 영주(Donwald)의 시해 사건, 그리고 멕베스와 유약한 던컨 왕, 맥도월드(Macdowald)의 반역행위와 그 결과, 그리고 운명의 세 자매 등 스코틀랜드의 역사에서 가장 거칠고 처절한 이야기를 발견했다. 이야기들은 사실과 전설이 뒤섞인 것들이었다. 돈월드는 반역행위로 사형을 선고 받은 친족들의 사면을 더프 왕에게 청원했다가 거절당하자 아내와 모의해 더프 왕을 시해한다. 『맥베스』의 기본 골격이 이 이야기로부터 구조되었다. 『연대기』 내의 다른 장(章)에 맥도월드의 반역행위가 기록되어 있다. 덩컨 왕의 치세 하에 왕의 '어질고 온화한' 성품으로 인해 많은 범법자들이 소요를 일으키고 왕국의 평화와 안전을 위협한다. 그 선동자들의 우두머리인 맥도월드가 유약한 던컨 왕에 대항해 아일랜드에서 용병을 모집해 반란을 일으키고, 이에 합세해 노르웨이의 스위노 왕이 스코틀랜드를 침범하며, 그 뒤를 이어 덴마크의 함대가 공격에 가담한다. 그러나 '용감한 맥베스'가 이 모든 전투에서 다 승리를 거두어 맥도월드의 머리를 장대에 달아 본국의 왕에게 보내고, 스위노 왕의 군대를 섬멸하고 덴마크군은 바다로 다 몰아낸다. 이후 개선장군이 되어 뱅코우 장군과 함께 귀향 도중 맥베스가 운명의 세 자매를 만나게 되고 "미래의 스코틀랜드 왕이여"라는 유혹적이고 치명적인 예언을 듣는다. 이 마녀들의 예언과 '폭약음모사건'으로 심문을 받던 예수회 신부들의 '애매한 이중의 의미로 말하기'(equvocation)는 절묘한 대비를 이루어 『맥베스』에서 은유의 보고(寶庫)를 형성하게 된다. 이 예언을 시작으로 『맥베스』의 비극은 시작되며 극은 『연대기』의 이야기를 대체로 따라간다. 한 가지 변화를 꾀한 사건은 맥베스가 극에서 자행하는 시해사건과 시해 이후의 맥베스의 행적이다.

　『연대기』에서 맥베스는 던컨 왕과 대립해 '단순한 언쟁'을 벌인다. 이후 믿을 만한 친구로 뱅코우를 선택하고 던컨 왕을 전투에서 살해한 후 자신이 왕이 되어 10년간 훌륭한 통치자로서 왕국을 다스렸다. 『연대기』에서의 이 이야기가 『맥베스』에서는 맥더프가 맥베스의 목을 베어 장대에 꿰는 것으로(『연대기』에서 맥베스가 맥도월드의 머리를 장대에 꿰었듯이), 그리고 던컨 왕의 장자 맬컴이 왕이 되어 스코틀랜드를 다스리게 되며 멕베스에 의해 살해당한 뱅코우는 스코틀랜드의 왕들의 시조로 기록된 것이다.

　　『맥베스의 비극』(*The Tragedy of Macbeth*)이 제1이절판(F1)으로 처음 인쇄된 해는 1623년이었고 그 이전에는 출판된 적이 없는 것으로 알려져 있다. 이는 셰익스피어 사후(1616년) 7년 후였으며, 이 극이 처음 공연된(1606년) 이후 17년만의 일이었다. 이 이절판에 『맥베스의 비극』은 『줄리어스 시저』(*Julius Caesar*) 바로 뒤, 그리고 『햄릿』(*Hamlet*) 바로 앞에 수록되어 있다. 막과 장이 라틴어로 지시되어 있고, 등장인물(*dramatis personae*)이 별도로 표기되어 있지 않은 것이 특징이다. 한편 이 인쇄본은 prompt-book(배우들이 대사를 잊었을 때 숨어서 대사를 일러주기 위해 마련되었던 극본)이나, 인쇄를 위해 준 비된 필사본을 근거로 인쇄되었는데 그 증거로 들 수 있는 것은 인쇄본에 남아 있는 무대지시나 음향효과(예를 들면, *Ring the Bell*이나 *Knock*) 등이다.

　　텍스트의 진위 여부에 관한 문제는 각기 다른 관객들을 위한 공연을 위해 극의 일부분을 수정했거나 그것에 첨삭을 가했는가의 여부와 밀접하게 관련되어 있다. 1623년에 인쇄된 이절판 텍스트에는 1606년도 판본에는 실릴 수 없었던 구절들이 실려 있는데 이 두 판본은 1611년에 사이먼 포맨이 직접 관람했던 판본과 다르다. 따라서 몇몇 평자들은 엘리자베스 여왕 재임기에 이미 초기 판본이 있었다고 믿는다. 대부분의 비평가들은 1606년도 공연은 궁정에서 벌어졌고, 아마도 바로 그 이유로 인해 극이 축소되었으리라 믿는 것이다.

셰익스피어 극 편집자들이 1623년 제1이절판에 수록된 맥베스 판본을 인쇄업자에게 보낸 것은 제임스 왕이 사변적이고 긴 원본보다 짧은 개정본을 더 선호했으리라는 이유 때문이라는 주장이 제시되었다. 그러나 이 판본은 1606년 궁전에서 공연되었던 판본과는 다르며, 헤커티와 추가로 등장하는 마녀들이 prompt book에 자리 잡을 즈음 삭제된 대사들은 소실되었고 따라서 1623년 판에서 사라져 버렸다. 탈구현상으로부터 기인한, 특별히 극의 두 번째 장에서 드러나는, 문장 길이의 빈번한 불균형(frequent mislineation)은 사실상 삭제로 인한 흔적인 것이다.

도버 윌슨(Dover Wilson)이 현존하는 판본으로부터 통째로 삭제되었음이 명백한 전체 장면들(scenes)을 다음과 같이 요약했다. 이 장면들 중에는 정치적인 것, 극적인 것, 그리고 제한된 공연시간으로 인한 것들이 섞여있다.

1. 1막 3장과 4장 사이의 맥베스와 부인의 장면.

2. 2막 중의 한 장(章)에서 맥베스 부인이 던컨 왕을 시해하려고 칼을 들고 침소로 향하는 장면, 맥베스와 부인 사이의 대화.

3. 맥베스가 왕위에 오르고 난 이후, 뱅코우가 자신은 왕들을 낳을 것이라는 약속을 받았기에 시해 행위를 묵인하지 않았다는 점을 분명히 밝히는 대사.

4. 세 번째 자객의 존재를 설명하는 장면.

5. 맥더프가 왜 자신의 아내를 무방비 상태로 버려두었는지를 설명하는 장면.

이 삭제들에 관한 명확한 증거가 없다는 사실은 별문제로 하더라도, 열거한 장면들 중 어느 하나라도 불확실하게 첨가될 경우 극은 심각하게 훼손될 것이다. 가령 덩컨왕 시해직전에 맥베스와 부인 사이에 대화가 더 첨가되면 극적 긴장감의 측면에서 재앙의 수준이 될 것이며, 뱅코우의 행위는 현존하는 극에서 주어진 것 외의 설명이 필요 없고, 처자식을 위험에 방치한 것에 대한 맥더프의 해명은 관객들의 관심을 관련 장면에서 절대적으로 중요한 의심의 기류를 다른 관심사로 기울게 만들 것이기 때문이다.

느슨한 마무리, 제대로 쓰이지 않은 채 고의적으로 남겨진 장면들에 대한 언급들, 동기(motives)와 성격들에 대한 상충하는 인상들은 셰익스피어의 모든 극들에서 다 드러나 있다. 이런 것들은 연극적 약점이라기보다 삶의 환상을 창조해내는 도구들이다. 따라서 셰익스피어를 자연주의 극작가[5]로 변모시켜 극들을 개량하려는 시도는 제지되어야 마땅하다. 이 시도들 중 하나로 의심받았으나 의혹이 풀린 장면이 문지기 장면이다.

---

5. 1870년대 에밀 졸라(Emile Zola, 1840-1902) 등이 중심인물이 되어 발전했던 극단적 사실주의 유파. 새로운 과학이론과 심리이론을 무대에 적용해 정확한 관찰과 부차적인 세부까지도 재현해내는 것으로 인해 예술적 연극성(theatricality)을 손상시키는 우를 범하고 19세기 말에 종언을 고한다. 자연주의자들은 진정한 삶의 외양을 무대상에서 재현하느라고 배우들이 무대 위에서 실재 음식을 먹고 음식 향을 풍겼으며, 실제로 불을 피워 굴뚝에서 연기가 나도록하기까지 했다.

2. 문지기 장면(The Poter Scene)

비록 포프(Alexander Pope)와 콜릿지(Samuel T. Coleridge)가 이 문지기 장면이 배우들에 의해 첨가된 부분이라는 점에 동의하지만 많은 연구들이 이 장면이 지니는 시사적 중요성(topical significance)을 언급해 왔다. 그리고 비록 이 장면의 시사성이 셰익스피어가 이 장면을 썼다는 증거는 아닐지라도, 이 장면에 대한 심층적 고려를 거치게 되면 원저자가 셰익스피어임에 이르게 되며, 또한 이 장면이 극의 해석에 대한 폭넓은 함축성을 지닐 수도 있게 된다.

맥베스 역을 하는 배우가 피 묻은 손을 씻고 의상을 바꿔 입어야 하는 연극적 필요만으로도 이 장면은 필요하며, 카펠(E. Capell)이 제안하는 대로 '손 씻고 옷 갈아입기 위한 합리적 공간을 제공하는 것'이 필요했다. 셰익스피어는 극적 필요에 정통했고 항상 그 필요에 부응했다. 그러나 언급된 것들이 이 장면의 존재에 대한 유일한 이유라면, 이 장면은 다른 인물에 의해 첨부되었을 수도 있다. 맥베스의 퇴장과 맥더프의 입장 사이에 무슨 장면이든 있어야 했다. 그러나 이것이 셰익스피어가 술취한 문지기, 혹은 숙취로 정신을 못 차리는 문지기를 무대에 등장시킨 이유가 될 수 없다. 가령, 맥베스의 독일어 판본들에서처럼 아침 노래를 부르며 등장하는 정신 멀쩡한 문지기도 이 역을 충분히 잘해낼 수 있기 때문이다. 문지기 장면을 '기분전환용 희화적 장면'(comic relief)으로 치부하면 편리하기는 하다. 그러나 이 용어에는 수많은 의문이 수반된다. 셰익스피어로서는 만약 '기분전환'이 필요했다면 '서정적 기분전환' 장면을 첨가할 수 있었을 것이다. 콜릿지가 지적한 바대로 셰익스피어는

'희화적인 장면'이 비극에 조화롭게 대응하는 경우가 아니면 결코 그런 장면을 고안하지 않았다. 좋은 극작가는 한바탕 웃음으로 흩트려 버리려고 공들여 긴장과 격렬한 정서를 만들어내지 않는다.

때때로 극작가는 관객이 적절치 못한 곳에서, 잘못 선택된 대상을 향해 웃는 것을 방지하기 위해 '희화적인 장면'을 웃음관리자로 사용할 수도 있다. 리어왕의 장엄함이 광대(the Fool)에 의해 보존되는 것이다. 문지기 장면의 경우 문지기의 역할이 무대에 만연되어 있는 공포를 제거하기 위한 것이라고 주장하는 비평가들에 동의하기는 불가능하다. 오히려 문지기 장면의 효과는 거의 정확히 그와 정반대이다. 이 장면은 관객의 공포심을 더 고조시키기 위해 설정된 것이다. 이 장면 내내 관객은 시해 사건이 벌어진 것과 그것이 곧 밝혀질 것이라는 것을 결코 잊을 수 없다. 더구나 관객들이 이 장면에서 웃으면, 결코 잊지 못한다.

이 장(章)의 첫 대사에서 맥베스 성의 문지기는 자신을 중세 기독교 연극에 등장하는 지옥의 문지기와 동일시하는데, 지옥문의 문지기는 농지거리를 해대는 것으로 인식되었지만, 단순한 어릿광대 이상의 존재였다. 요오크(York), 체스터(Chester) 그리고 타운리(Townley) 등의 기적극 (Cycle)에서 이 문지기는 예수의 '지옥정벌'(예수가 지옥에 빠진 영혼을 구했던 일) 에피소드에 등장하는데, 몇몇 비평가들은[6] 문 두드리는 소리에 이어 맥더프가 등장하는 장면이 예수가 지옥문으로 들어가는 장면을

---

6. John B. Harcourt, 'I pray you remember the Porter', *SQ*, XII (1961), 393 ff.; Michael J.B. Allen, 'Macbeth's Genial Porter', *ELR*, IV (1974), 326-36.

188　맥베스

연상시킨다는 논의를 전개한다. 타운리 기적극의 지옥 문지기 리발드(Ribald)는 맥베스의 문지기가 "벨저버브의 이름으로 묻노니 게 누구냐?"라고 묻는 것과 같이, 예수의 문 두드리는 소리에 벨저버브(Belzebub)를 들먹인다.

이 전통적인 인물(지옥의 문지기)을 상기(想起)하는 목적은 복합적이다. 먼저, 이 문지기가 관객을 인버너스(Inverness, 맥베스의 성이 위치한 곳)로부터 지옥문으로 옮겨 놓는다. 물론, '장소의 일치'(unity of place)는 유지된다. 셰익스피어는 우리(관객과 등장인물)가 조금 전에 있었던 곳의 이름만 말해주면 된다. 이곳은 지옥인데 왜냐하면 레이디 맥베스는 "살인을 부추기는 악령들"을 이 성으로 불러들였고, 맥베스는 죄를 숨길 어둠이 필요해 별들을 향해 빛을 감추라고 기원을 했으며, 지옥은 장소가 아닌 '상태'이며, 그리고 시해자(맥베스 부부)들은 파우스트를 꾄 악령과 함께 다음과 같이 말할 법도 하기 때문이다.

우리가 있는 곳은 지옥,
지옥이 있는 곳엔, 반드시 우리가 있지.

셰익스피어가 중세 기적극을 무대에 재현시킨 두 번째 이유는 그렇게 함으로써 자신의 비극이 구체적인 장소나 시간에 매이는 것을 막을 수 있었기 때문이었다. 결국 한편으로는 그의 극이 시공을 초월할 수 있었고, 다른 한편으로는 동시대극이 될 수 있었다.

따라서 맥베스의 비극은 두 번째 이브(Second Eve)인 레이디 맥베스로 인한 두 번째의 타락으로 비쳐지거나, 혹은 섬뜩할 정도의 시사성을 띠게 된다. 베텔(S.B. Bethell)이 이점을 간파했다.

역사적 요소는 동시대적인 것을 객관화 시키고 멀리 떼어 놓으며, 동시대적인 요소는 역사적 상황에 시사적 중요성을 부여한다.…『맥베스』를 채우고 있는 반역과 불신의 분위기는 영국의 폭약음모사건과 그 맥을 같이한다. 따라서 흘낏 지나가는 언급이 역사속의 맥베스 정권과 동시대적 사건들에 대한 관객들의 생각을 규정짓는데 영향을 끼친다.

문지기의 대사 속에 스며있는 반역에 대한 언급은 처형된 코더 영주를 향하는데, 코더 영주는 던컨 왕이 절대적인 신뢰를 쌓았던 인물이었다. 또한 이 언급은 맥더프 부인과 그녀의 아들간의 대화, 맬컴 왕자가 주도한 맥더프에 대한 기나긴 시험(Testing)을 예고하는데, 이 시험은 '이중(二重)의 의미로 애매하게 말하기'(Equivocation)로부터 기인한 불신과 의심을 드러낸다. 극의 후반부에 맥베스는

진실 같은 거짓말을 하는
악마의 이중으로 말하기 (5.5.43-4)

에 불평을 나타내며,

두 가지 의미의 말로 나를 속여,
나의 귀에 언약의 말을 불어넣다가,
기대를 하면 언약을 파기하는 (5.8.19-21)

요술쟁이 마녀들에게 역시 불평을 토한다. 사실 다우든(Dowden)이 지적한 바, 맥베스는 시해사건이 드러난 후 첫 등장에서부터 '애매하게 말하기'에 내몰린다. 같은 장면의 후반부에 맥베스가 놀랄만한 '애매하게 말하기'를 구사한다.

> 이 참사가 일어나기 한 시간 전에만 이 몸이 죽었던들,
> 나는 축복받은 삶을 마감했을 것이오. 지금 이 순간부터,
> 우리의 삶속에 의미를 지닌 건 아무것도 없소.
> 만사는 하찮은 장난감에 불과한 것. 명예와 미덕은 죽어
> 사라졌소. 생명의 포도주는 다 쏟아졌고, 술 창고에는
> 술 찌꺼기만 남아 뽐내고 있소이다. (2.3.89-94)

관객들은 맥베스가 깨닫게 되듯 (그는 여기서 주변인들을 속이려는 의도였지만) 이 대사가 맥베스 자신의 진정성에 대한 정확한 묘사임을 안다. 맥베스 자신의 '애매하게 말하기'는, 반어적 뒤틀림을 통해, 진실의 한 단면이 된 것이다. 맥베스의 '애매하게 말하기'는 사실처럼 거짓을 말하는 마녀들의 '애매하게 말하기'의 현란한 대응물이다. 이 대사는 거짓말처럼 진실을 말하는 살인자의 '애매하게 말하기'인 것이다. 따라서 '애매하게 말하기'는 극의 주요 주제들의 하나와 연결되어 있으며, 만약 헨리 가넷(Henry Garnet)이 생존하지 않았거나 '폭약음모사건'에 연루되지 않았더라면 애매하게 말하는 자는 문지기 장면에서 한자리를 차지했을 것이다.

마찬가지로 탐욕스러운 농부의 기괴함도 이 극의 곳곳에서 드러나는

자연적인 생육 및 추수의 이미지와 대비를 이룬다. 결국 이 농부도 '애매하게 말하기'와 연관되는데 가넷이 '농부'(Farmer)라는 가명으로 통했기 때문이다. 문지기가 언급하는 양복장이도 극의 구조 속에 한 자리를 차지하는데, 극 속에 풍성하게 존재하는 의상의 이미지 때문이다.

이 문지기 장면의 스타일은 비셰익스피어적(un-Shakespearn)이 아니다. 브래들리는 『자에는 자로』(*Measure for Measure*, 4.3.1-18)에서 폼피(Pompey)가 감옥에 갇힌 자들에게 뱉는 독백과 이 문지기의 독백, 그리고 폼피와 어브호슨(Abhorson)의 대화(4.4.22 이하)와, 문지기의 독백 이후, 문지기와 맥더프가 벌이는 대화사이의 유사성을 그 근거로 든다. 이에 덧붙여 우리는 문지기의 푸념 중의 한 부분이 극의 주제를 가늠할 수 있는 가치 있는 단서를 제공하고 있는 점을 제시할 수 있을 것이다. 문지기는 맥더프의 질문, "술이 특별히 유발시키는 세 가지가 무엇인가?"에 술의 효과에 대해 이렇게 설명한다.

> 맹세코, 나리, 빨개진 코와 잠과 오줌이지요. 술은, 장군님,
> 색욕을 불끈 솟구치게도 하고, 가라앉게도 하지요.
> 술은 마음을 끓어오르게도 하지만 실행할 기력을 앗아가 버립죠.
> 그런고로, 고주망태가 되는 것은 색욕에다 이중으로 애매한
> 말을 하는 거짓말쟁이라 할 수 있습죠. 말하자면, 술은 사내놈을
> 분기시켰다가, 맥 빠지게 하고, 기운을 불어넣는가 싶으면
> 싹 빼버리곤 합죠. 달래고 어르다가 낙담시키고, 일으켜 세웠다간
> 주저앉히곤 하지요. 결국, 술은 사내놈을 속여 잠들게 하고,
> 오줌이나 누게 해놓곤 내팽개쳐 버리지요. (2.3.27-35)

음주는 "욕망이 끓어오르게도 하고, 실행할 기운을 빼앗기도 한다." '욕
망'과 '실행' 사이의 대비는 극이 진행됨에 따라 여러 번 되풀이 된다.
맥베스 부인은 악령을 불러들이며 악령으로 하여금 인간의 천성적인 연
민의 정이 자신의 잔혹한 목적을 뒤흔들어 놓지 않도록, 또한

잔혹한 목적과 그 실행사이에 끼어들어
화평을 이루는 일이 없도록 하라. (1.5.46-7)

고 간청한다. 두 장면 후에 맥베스 부인은 맥베스 에게 이렇게 묻는다.

욕망에 휩쓸려 있을 때처럼
그렇게 똑같이 용맹스럽게 행위로 옮기기가
두려운가요? (1.7.39-41)

4막 1장에서 맥베스가 같은 주제의 변형을 이렇게 뱉는다.

계획은 어찌나 빠른지 행위가 즉각 따르지 않으면
잡을 수가 없구나. 이 순간부터는 마음속의 첫 열매는
즉시 실천에 옮겨 손의 첫 열매가 되게 하겠다.
이제부터라도 생각을 실천으로 종결짓기 위해 생각과 함께 행동할 것이다.
…목적이 식기 전에 실행할 것이다. (4.1.145-54)

이 대사는 연회장면 끝에서 맥베스가 자기 아내에게 하는 말과 연결된다.

머릿속에 괴이한 것들이 있고, 곧 실행에 옮겨질 것이오.
심사숙고하기 전에 바로 해치울 거요. (3.4.138-9)

맥베스의 손과 다른 기관들, 그리고 감각들 간의 대립은 거듭해서 발생한다. 맥베스는 자신의 내부 장기들의 기능을 기이한 객관적 태도로 응시한다. 구체적으로 말하자면, 그는 자신의 손이 그 자체의 독립적 존재물인 것처럼 대한다. 맥베스는 자신의 눈더러 손을 보지 못한 체하라고 명령하는데, 상상의 단검을 보는 순간 그는 그의 눈이 다른 감각들에 의해 조롱꺼리가 되었거나, 눈이 모든 다른 감각들보다 예민한 것으로 단정한다. 이 대사의 끝부분에서는 자신의 발자국 소리도 자신으로부터 분리된 것으로 여긴다.

> 그대 확고부동한 대지여,
> 내 발이 어디를 향하던, 그 발자국 소리를 듣지 마라.
> 행여, 땅위의 자갈들이 내 가는 길을 소근 거려
> 지금 이 시각에 어울리는 소름끼치는 적막을 깨뜨려서는
> 안되기 때문이다. (2.1.56-60)

이어 던컨 왕을 살해한 직후, 두 시해자는 포먼(Forman)이 목격한 그대로[7] 그들의 피 묻은 손들에 대한 상념에 집착한다. 맥베스는 자신의 손을

---

7. 포먼(Simon Forman)이 1611년 봄에 그로브(Glove) 극장에서 『맥베스』를 관람하고 쓴 관람평의 한 부분이 이러하다. "맥베스가 왕을 살해하자, 그의 손에 묻은 피를 무슨 수단으로도 씻어낼 수가 없었고, 피 묻은 칼을 숨기느라 그것을 집었던 그의 아내의 손도 마찬가지였다."

"비참한 꼴"이라고, 그리고 "사형집행인의 손"이라고 부른다—사형집행인은 사형수의 내장을 끄집어내고 사지절단을 해야 했다. 맥베스의 아내는 맥베스에게 그 손의 "더러운 증거"를 씻어버리라고 부추긴다. 곧이어 아내가 퇴장하자 맥베스가 뱉는 유명한 대사에서 맥베스는 이렇게 자문한다.

무슨 손들이 이러한가? 하! 이것들이 내 눈알을 뽑는구나,
위대한 넵튠의 대양이 내 손의 피를
다 씻어낼 수 있을 것인가? 아니다. 이 나의 손이 도리어
대양을 진홍으로 물들게 해,
푸른 바다를 핏빛으로 붉게 만들 것이다. (2.2.58-62)

아래 인용문의 첫줄에서 손—눈의 대항(opposition)은 가장 충격적이고 몽환적인 형태로 드러난다. 뱅코우를 살해하기 직전, 맥베스는 세상의 눈을 꿰매어 봉해버리는 밤(Night)에게 간청한다.

자비로운 낮의 부드러운 눈을 덮어 가리고,
그대의 유혈낭자하고 보이지 않는 손으로,
날 창백하게 만드는 그 위대한 증서를 말살하고
갈기갈기 찢어버려라! (3.2.46-9)

맥베스의 유혈낭자한 손은 이제는 맥베스와 완전히 분리되어 밤의 일부가 된다. 극의 후반부에서 앵거스가 맥베스도

자기 손에 눌어붙어 있는 남모르게 저지른 살인 (5.2.17)

을 느낀다고 선언할 때 청중은 동일한 일련의 이미지들을 상기하게 된다. 이 손-눈 대항은 범죄한 눈은 빼어버리고, 범죄한 손은 찍어 내어 버리라는 성서적 명령에 의해 제시되었을 것이다.

욕정을 주제로 한 문지기의 대사는 또 다른 중요성을 지니고 있다. 이 대사는 일련의 대조(대항) 항목들로 구성되어 있다. 즉, 자극하기-가라앉히기, 자극하기-기력 뺏기, 욕망-실행, 일으켜 세우기-제어하기, 분기시키기-힘 빼기, 설득하기-실망시키기, 일에 착수하기-중지하기 등이다. 6~7행으로 압축되어 있는 이 장면에서 이 극의 전반적인 스타일을 규정지을 수 있는 지배적 특성들 중 하나를 발견하게 되는데 그것이 바로 '다수의 대항 항목'이다. 독자는 극의 어느 장면에서도 이를 목격할 수 있다. 독자는 이 '속임의 스타일'(trick of style)을 윌슨 나잇 (Wilson Knight)이 이 극에서 발견한 '파괴와 창조의 레슬링'(wrestling of destruction and creation)과 연관시키거나, 그가 지적한 밤과 낮, 삶과 죽음, 자비와 악 사이의 대항(대립)과 연결시킬 수 있을 것이다. 마찬가지로 콜베(F.C. Kolbe)도 이 극을 '보편적 전쟁, 즉 죄와 자비간의 특별한 전쟁에 대한 그림'이라고 아래와 같이 명시했다.

이 아이디어는 단어와 구(句)를 통해 400번 이상 제시되고 강조된다.…
이 색채를 띠지 않은 장면은 한 장면도 없다. 그리고 전체적인 효과는 우리가 이미 관찰했던 이중의 대비(對比)-우화로서의 어둠과 빛, 결과로서의 불화와 화합-를 통해 증강된다.

그러나 극은 천사와 악마, 선과 악과 같은 표제 안에 들지 않는 많은 대비 항목을 지니고 있다. 반복적인 '몸에 맞지 않는 의상의 이미지'는 시각적 이미지, 즉 아래의 대사에서와 같이, 인간과 그의 의상과의 대비로 제시될 수 있을 것이다.

이제 저자는 왕이라는 칭호가
자신에게 헐겁게 걸려있다는 것을 느낄 것이요. 마치 거인의 외투가
난쟁이 도둑의 어깨에 걸쳐진 것처럼. (5.2.20-2)

반복되는 또 다른 이미지는 그림과 묘사되는 사물간의 대비로 간주될 수 있다.

잠든 자와 죽은 자는
그림에 불과한 것, 채색된 악마를 두려워하는 것은
아이들의 눈. (2.2.52-4)

이것은 당신의 공포가 그려낸 그림에 불과한 것. (3.4.60)

이 솜털 같은 잠, 죽음의 모조품을 떨쳐버리고
진정한 죽음을 보시오! ―일어나시오, 일어나시오, 일어나서
최후심판의 광경을 보시오! (2.3.75-7)

이 이미지들은 여러 비평가들로부터 이 극의 주요 주제들 중 하나를 구성하는 것으로 언급된 애매하게 말하기, 기만, 음모 등과 관련되어 있다.

이 이미지들은 또한 외양과 진실의 대비이며 이는 많은 셰익스피어 비평가들이 선호하는 원천인 것이다.

문지기 대사의 스타일은 따라서 극의 나머지 부분의 스타일과 성질이 다르지 않다. 문지기 대사는 이 극의 대립항적인 특성을 품고 있으며, 유사(類似) 희극적 목적을 위해 적절하게 조바꿈된 것이다. 문지기 장면은, 스타일과 내용에 있어, 극의 나머지 부분과 밀접하게 연결되어 있어서, 이 장면을 배우들에 의한 상스러운 첨가물이라고 간주하는 것은 명백히 불가능하다. 이 대립항적인 스타일은 인간적 속성의 역설과 불가해성을 드러내고, 인간 내부의 죄와 은총간의 갈등, 이성과 감성(感性) 간의 갈등, 그리고

권력과
존재 사이에
본질과
전락(轉落) 사이

에 드리워진 그림자를 드러내는데 강력한 수단이다.

문지기 장면의 신빙성에 대한 논의는 부지불식간에 우리들을 극 전체에 대해 고려하도록 이끌어 왔다. 그리고 이 논의는 문지기가 극에서 제외될 수 없는 인물임을 드러내는데 일조한 것이다.

3. 작품의 줄거리와 해석

은유법(metaphor)의 사전적 정의는 이러하다. '나타내고자 하는 추상적인 관념(원관념)을 구체적인 사물(보조관념)을 통해 형상화 하는 비유법. 원관념과 보조관념 사이의 유사성을 바탕으로 성립. 원관념과 보조관념 사이의 거리가 멀고 만남이 일회적일수록 참신한 비유임. 원관념과 보조관념이 ∼처럼, ∼듯이, ∼인양, ∼같이 등의 연결어 없이 직접 연결(A=B이다)되는 비유법.'

『맥베스』에 접근하는 수많은 독서 방식들이 있다. 작품 속에 즐비한 은유의 파장을 음미하고 그 시적 파장을 탐색하는 읽기도 그 중 한 방식이다. A.R. 브라운뮬러(Braunmuller)에 의하면, 『맥베스』는 은유에 대한 극이다. 아래의 역자 해설은 그 읽기 방식을 중심에 둔 것이다.

『연대기』에서의 스코틀랜드의 역사 발전은 변증법적 양상을 보여주는 한 표본이었다. 왕국을 통제할 힘이 없는 허약한 던컨 왕이 나라를 위기에서 구한 맥베스에 의해 제거되고 새로 왕이 된 맥베스는 '십 년 동안 왕국을 정의롭게 다스렸으나'(governing the realme for the space of ten years in equall justice) 후반 칠 년은 반대세력을 처단하기 위한 유혈 정책을 펴다가 맥더프에 의해 처형되고 왕위는 맬컴에게 양도되는 역학을 따른 것이다 (Holinshed, 173).[8] 이 던컨 왕은 반대자들을 단죄하지 않아(it was perceived how negligent he was in punishing offenders) (Holinshed, 167) 맥도월드(Macdowald)가 반란을 일으키는 계기를 제공

---

8. 『연대기』 인용은 1997년 Arden판 『맥베스』에 수록된 축약본에서 취함.

했으며 반란의 응징을 논의하는 회합에서 신하인 맥베스가 왕의 우유부단을 왕에게 거리낌 없이 지적한다. 결국 맥베스와 뱅코우에 의해 반란은 진압되었으나 왕이 어린 왕자를 후계자로 지명하자 던컨 왕의 욕망을 탐지한 맥베스가 예언에 힘입어 왕을 살해하고 자신이 왕이 되는 것이다. 그러나 제임스 왕이 다스리는 영국의 상황이 반영된 『맥베스』에서 왕위찬탈 이후의 평화로운 십 년의 통치는 언급될 수 없고, 던컨 왕은 범접치 못할 권위를 지니고 선정을 베푸는 왕이며 맥베스도 이를 인정한다. "대권을 행사함에 있어 왕은 그토록 인자하고 한 점 결점도 없는"(this Duncan/ Hath borne his faculties so meek, has been/ So clear in his great office)(1.7.16-8) 것이다. 따라서 왕이 베푸는 "이중의 신뢰"(double trust)를 이중의 기회로 삼아 맥베스가 시해를 저지르자 맥베스 자신의 선언대로 "왕의 덕망은 나팔의 혀를 가진 천사처럼 영원히 저주받을 그 악행을 천하에 호소"(1.7.18-20)하고 천하가 그 호소에 응답하기에 이른다. 나약했던 『연대기』의 왕권이 하늘의 보호를 받는 신성한 힘으로 탈바꿈했고 던컨 왕이 살해될 때 잠잠하던 『연대기』의 천하가 『맥베스』에서는 같은 사건으로 격동하는 것이다. "캄캄한 밤이 운행 중인 태양을 삼키고"(2.4.7), "동물들은 서로 물어뜯어"(2.4.18) 사육제가 벌어지며, "천지가 비명과 곡성으로 뒤덮인"(2.3.55) 것이다. 왕의 목숨은 신의 손에 달린 것이고 왕의 부당한 죽음은 하늘이 용납하지 않는, 존재의 사슬을 뿌리 채 뽑는, 악행인 것이다.

『연대기』에서 제시되었던 맥베스의 왕위 계승 가능성이 극에서 언급되지 않은 것도 같은 맥락이다. '왕위를 계승할 자가 적령기에 이르지 못했을 경우 근친 중 혈통으로 가까운 자[9]가 왕위에 오르도록 한 왕국의 오래된 법'(Holinshed, 172)을 던컨 왕이 무시했고, 『맥베스』에서 왕의 장자 맬컴은 성인으로 등장한다. 맥베스를 변호할 옛 관습과 당대 현실은 사라진 채 맥베스가 5세기 후 제임스 왕의 면전에서 무원의 대역 죄인으로 내몰린다. 새로운 왕권을 다지고 신비화하는 과정에 속죄양 의식은 필연적으로 따르며 셰익스피어에 의해 맥베스에게 그 운명이 안겨졌던 것이다.

맥베스와 그의 동료 뱅코우가 반역자들을 소탕하는 원정 전쟁에서 승리하고 개선장군이 되어 스코틀랜드로 귀향한다. 그래미스 영주인 맥베스는 던컨 왕과는 사촌간이며 왕이 가장 신뢰하는 장군이다. 귀향 중두 장군이 안개 자욱한 광야를 지나는 동안 이들을 기다리고 있던 마녀셋이 이들의 길을 막고 이들에게 예언을 한다. 마녀들은 맥베스를 그래미스 영주로, 그리고 코더의 영주로 호칭하고 마지막으로 "앞으로 왕이되실 분"이라고 한다. 맥베스에게 점지된 황홀한 예언에 질투심을 느껴자신에게도 예언을 해 달라고 청하는 뱅코우에게는 마녀들이 "자신이왕이 되지는 못하더라도 여러 왕을 낳으실 분"이라고 예언한다. 반역의불씨인 이 애매한 진술이 선량한 인간을 파멸시키는 세 마녀의 몫으로할당된 것은 당연한 일이다. 이는 마녀들과 그 동류인 예수회 수사들을

---

9. 맬컴왕의 큰 딸 베아트리스(Beatrice)는 아바나스 크리넨(Abbanath Crinen)과 결혼하여 던컨을 낳고, 작은 딸 도아다(Doada)는 그레미스(Glammis)영주인 시넬(Sinell)과 결혼하여 맥베스를 낳는다. 따라서 던컨과 맥베스는 사촌간이며 나이 어린 왕자를 제외하고는 맥베스가 혈통으로는 던컨 왕과 가장 가깝다 (Holinshed, 167).

왕국의 혼란과 제임스 왕의 목숨을 노리는 초현실적 공적(公敵)으로 규정하고, 때때로 그 존재의 환기를 통해 정치적 이익을 얻으려 했던 왕의 의도에 셰익스피어가 이미 익숙해져 있었다는 반증이기도 하다.

이 순간부터 맥베스의 정신세계는 시역(弑逆)이라는 단어에 점령당해 평상심과 분별력을 잃고 억측과 환영으로 들끓기 시작한다. 뒤이은 장면에서 개선장군을 맞으러 나온 다른 신하에 의해 맥베스는 왕이 자신에게 코더 영주의 작위를 하사한 사실을 확인하게 된다. 전쟁터에 나가 있느라 맥베스는 몰랐으나 코더 영주가 반역에 가담한 사실이 드러나 처형될 처지에 놓였고, 이에 왕이 전공(戰功)에 대한 보상으로 맥베스에게 이 작위를 이미 내린 것이다. 맥베스에 대한 마녀들의 두 번째 예언이 실현되었고 마지막 것만 남았다. 그러나 이 세 번째 예언은 실현되지 않는다. 알현 장면에서 맥베스와 뱅코우의 공적을 치하한 던컨 왕이 느닷없이 왕자 맬컴을 자신의 후계자로 책봉해 버린 것이다. 순간적으로 허탈해 하는 맥베스를 달래기라도 하듯 왕은 그 즉시 그날 밤을 맥베스의 성(城)에서 묵겠노라 하고 신하들을 대동해 성으로 행차한다. 왕이 신하의 성에서 하루 밤 묵는 것은 신하에게 베푸는 최상의 호의였다. 세 번째 예언은 맥베스가 자력(自力)으로 이루어야 할 것으로 남겨졌다. 시역이 아니고는 달리 방법이 없는 상태가 된 것이다. 결국 아내의 충동질에 휘말린 맥베스가 만찬이 끝나 침소에 든 왕을 죽인다. 이 시해의 순간에 셰익스피어의 은유가 힘을 발휘하기 시작한다. 왕을 죽이고 나면 맥베스와 그의 아내는 왕과 왕비가 되어 권력을 누리며 삶을 향유할 것이라는 희망을 지녔었다. 죄의식은 순간적일 것이라는 계산을 했을 것이다. 그러나 맥베스는 자신의 내면의 동력이 어떻게 발휘될 지에 대해 무지했다. 살해의 순간, "그래미스 영주가 잠을 죽였다! 코더의 영주가 잠을 죽였다! 따라서 맥베스에게 더 이상 잠은 없다!"는 환청이 들리기 시작하는 것이다. 이 환청대로 "잠을 죽여 버린" 것으로 인해 맥베스와 그의 아내는 왕과 왕비가 되는 순간부터 잠을 이루지 못한다. 죽여 버린 잠이 찾아오지를 않는 것이다. 인간의 도덕률, 혹은 양심이라는 원관념이 "잠을 죽였다"라는 보조관념과 짝을 이루어 전율을 자아내는 은유가 생성되었다. 극의 핵심을 이루는 이 불면(不眠)의 은유로 말미암아 수많은 불면의 이미지들이 극 속에 산재되어 있다.

극의 시작을 장식하며 마녀들이 읊조리는 "깨끗한 것은 추한 것, 추한 것은 깨끗한 것"(Fair is foul, and foul is fair)(1.1.11)이라는 주문(呪文)은 『맥베스』의 전체 플롯의 골격을 이루는 은유이다. 이 상반(相反)의 은유는 망령처럼 극의 곳곳에 스며 있다가 인물들의 대사에서 어휘를 달리하며 표출된다. 때로는 장면들 자체가 이 은유를 실연해 내기도 한다. 맥베스를 만나기 전 그를 겨냥하여 마녀들이 읊조렸던 이 주문이 극 전체에 퍼져 극이 주술에 걸린 양상이 된 것이다. 이 은유의 표상인 것 같은 괴기한 대칭과 초현실적인 상황이 극 전반에 산재해 있다. 이를테면, 뱅코우는 "맥베스보다는 못하지만 그 보다 더 위대하고"(1.3.65), "그보다 운이 좋지는 않지만 그보다 더 큰 행운을 타고 난 자이다."(66)

맥베스의 성은 "깨끗한 것은 추한 것, 추한 것은 깨끗한 것"의 망령이 출몰하는 진원지이다. 살해의 음모가 꾸며지는 내부와는 달리 밖은 신선한 공기 속에 제비가 요람을 틀고 있다. 이 성 앞에서 던컨 왕과 맥베스가 군신의 위계를 뒤집는 장면을 연출한다. 맥베스에게 호의를 베풀기 위해 그의 성으로 행차한 왕을 맥베스가 맞이하지도 않고, 왕이 맥베스를 만나러 맥베스 부인을 대동하고 성안으로 들어가는 것이다.

극에서 드러나는 바와 같은 상반된 것들의 상존과 가치의 전도(顚倒) 등이 '추한 것은 깨끗한 것'으로 대변되는 은유의 범주에 든다. 이에 덧붙여 극 속에 흔적을 남기고 있거나 극에 영향을 미쳤던 엘리자베스 여왕과 제임스 왕 시대의 상반된 정치적 종교적 이념도 이 은유와 무관하지 않다. 자신의 절대 군주 이론을 피력한 『바실리콘 돌론』(Βασιλικὸν Δῶρον, *Basilicon Doron*)(1599)에서 제임스 왕은 권력재민론에 근거한 뷰캐넌(Buchanan)과 존 낙스(John Knox)의 역사서들을 '수치스러운 악담'(such infamous invectives)으로 매도했다.

헨리 8세 이후 왕좌에 오른 장녀 메리 여왕은 아버지 헨리 왕이 자신의 이혼을 합법화하기 위해 설립한 영국국교회를 폐쇄하고 영국을 로마 가톨릭 국가로 회귀시킨다. 이로 인해 국교회의 성직자 300여명이 화형에 처해졌다. 영국은 신앙적인 차이를 인정하지 않는 혹독한 신정(神政)국가가 된 것이다.

영국국교회를 신봉했던 제임스 왕 재임 기간(1603-1625) 중에 가톨릭교도들이 당한 핍박은 메리 여왕 재임 기간(1553-1558)에 국교회 성직자가 당한 것보다 그 도가 더 심했다. 당대 영국 왕실이 왕권을 보호하기 위해 법의 이름으로 자행한 잔혹한 처형들 중 일부는 사실상 법을 빙자한 국가적 폭력이었다. 1605년에 '폭약음모사건'이 발생한다. 왕과 의회 의원 전부를 폭사시키려 했던 예수회(Jesuit) 사제들의 이 테러 계획은 로마 가톨릭 교도들에게 오랜 세월에 걸쳐 자행되었던 국가 권력에 대한 항거였으며 가톨릭 고토(故土)를 회복하려는 염원의 폭력적 수단이었다. 절대주의 왕정은 영국 국민 전부가 영국 국교로 개종하기를 강요했고 이에 반대하는 구교도들은 벌금에 처해지든지 투옥, 고문, 처형 등을 당했다. 그들은 한결같이 교황청이나 스페인에서 밀파한 외세의 앞잡이로 간주되었기 때문이었다. 제임스 왕은 1590-91년 사이 스코틀랜드에서 악명 높았던 마녀 사냥을 통해 수백 명의 구교도들을 마녀나 초혼술사로 몰아 처형했다.

예수회(Jesuit)의 사제들과 교도들은 오래 전부터 '이중의 의미로 말하기'(equivocation)라는 특이한 수사법으로 그들에게 자행되던 폭력에 맞섰다. 언어적 기교의 관점에서 'fair/foul'은 이 수사법에 그 뿌리를 두고 있다. 이 수사법은 그들의 양심의 자유를 지키기 위한 방편이었으나 그 저의에 부당한 국가 권력을 무시하거나 조롱하려는 의도가 짙게 깔려 있었다. 마녀들이 두 가지 뜻이 담긴 애매한 말로 맥베스를 파멸로 이끈 것과는 달리("palter with us in as double sense")(5.8.20) 이 어법을 구사한 사제들은 혹독한 대가를 치렀다. 목숨을 담보로 한 언어 유희였던 것이다. 이들은 체포되어 심문을 받는 동안 '이중의 의미를 지닌 진술에 서약을 하고 그 진술이 어느 한 뜻으로 심문자에게 받아들여지면 내면으로는 다른 뜻이었다고 자신에게 다지는 어법을 구사했다'(Kittredge, 1303).

이 어법은 진술자가 마음속에서 인지하고 있는 진실을 말로는 부인하지 않는 원칙을 고수하고 있었다. 그들은 그들의 마음속에 구조(構造)된 진술을 하나님이 알기 때문에 일부분만 발설하고 일부분을 마음속에 남겨두어도 죄가 되지 않는다고 믿었다. 나바러스(Navarrus)의 초기 지침서에 언어적 기교를 더해 헨리 가넷이 편집한 '이중의 의미로 말하기 교본'(*A Treatise of Equivocation*)은 교도들이 심문을 받을 때를 대비한 응답 요령이 제시되어 있다. 가령 관리들이 가톨릭 신도들의 집으로 급습해 숨어 있는 사제를 찾아내려고 "사제가 집에 있느냐?"라고 물으면 "*non est*"(He is not)라고 대답하도록 가르친다. 그러나 대답하는 자는 *est*가 be동사 *esse*와 '먹다' *edere*의 격변화 형태로써 똑같은 형태(*est*)로 두 가지의 의미가 가능하기에 '먹다' 동사로 구조된 진술, 즉 "그는 먹고 있지 않다"(He is not eating)라는 진술을 마음속에 새겨 둔 채 관리에게는 "없다"(He is not)라고만 대답하고 'eating'은 마음속에 유보해 두는 것이다. 관리들이 사제를 체포하게 되면 이 신도는 마음속에 "He is not eating"이라는 진술을 새겨 두었고 하나님이 그 진술을 보증하기 때문에 거짓말은 하지 않은 것이다. 또한 동음이의(同音異義)의 단어들을 사용해 "I swear"(*juro*)를 "I'm hot"(*uro*)의 의미로 말할 것도 가르치고 있다 (Wills, 193).

이 교본은 변장한 채 붙들린 예수회 교도들의 신분을 밝히기 위한 심문자의 질문, "사제가 아닌가?"에는 "델포이의 아폴로 신을 모시는 사제가 아니다"라는 진술을 마음속에서 만든 후 뒷부분 "사제가 아니다"만 발설하고, "비밀리에 미사를 집전했는가?"에는 "성 패트릭 성당에서는"을 마음속에 담아둔 채 "미사를 집전하지 않았다"고 진술하도록 가르친다(Huntly, 392). 이 교본은 거짓말을 금한 교회법을 사제들이 지켜 나가도록 한 지침서였던 것이다. 특별히 사제들은 진실을 말해 죽음을 받아들이든지, 살기 위해 거짓말을 하지 않을 수 없는 질문, 가령, "로마 교황이 군대를 이끌고 영국을 침공하면 어느 편을 들것인가?"(Fraser 44) 와 같은 '죽음에 이르는 질문'(Bloody Question)에는 '본 법정은 성스러운 사제들의 권한에 대해 심문하거나 재판할 권리가 없다'(Huntly, 394) 는 대답으로 양심의 자유를 지켰다. 그러나 그 진술로 형장의 이슬로 사라지는 운명을 피한 사제는 거의 없었다.

음모와 폭력이 국가 권력이라는 미명하에 자행되는 시대를 경험하고 있던 두 왕대의 런던 관객들에게 "명예나 미덕"은 던컨 왕이 시해되는 것과 상관없이 이미 "사라졌을"(renown, and grace, is dead)(2.3.92)지도 모른다. 이 두려운 시대를 경험하고 있던 관객들에게 던컨왕은 마치 중세 극의 'Trust'와 같은 인물로 등장한다. 그는 역적 코더 영주에게 "절대적인 믿음"(absolute trust)을 부여해 나라를 위험에 빠뜨리는 어리석음을 드러냈었다.

> 사람의 얼굴을 통해
> 그의 속마음을 알아낼 방도는 없다.
> 그자는 과인이 온 맘으로
> 믿었던 신하였다. (1.4.11-4)

그러나 던컨은 그 폐허가 된 믿음의 잔해 위에 맥베스에 대한 믿음을 다시 쌓아 올린다. 음모의 시대에 적절치 않은 인간형인 것이다. 반면 맬컴에게서 우리는 두 왕대의 시대 경험이 낳은 새로운 인간상을 목격하게 된다. 시해로 인한 혼돈 속에서 그가 본능적으로 드러내는 것은 철저한 의심과 자기방어다. 던컨 왕에게서는 찾아볼 수 없는 특성이었다.

> 너는 어떻게 할 것이냐? 저들과 어울리지 않도록 하자.
> 진심이 아닌 슬픔을 나타내는 것은 위선자라면
> 쉽사리 할 수 있는 일이다. 난 영국으로 갈 것이다. (2.3.133-5)

선한 자와 악한 자가 구별되지 않은 채 "저들"(them)에 망라되었고 스코틀랜드 전체가 맬컴의 의심의 대상이 된다. 그는 "사람들의 미소 속에 비수가 숨겨져 있고 자신의 안전을 위해서라면 가까운 핏줄일수록 더 죽이려 드는"(There's daggers in men's smiles: the near in blood, The nearer bloody)(38-9) 조국을 떠나는 것이다("I'll to England").

교살 당한 단리(Darnley) 백작과, 인척이었던 엘리자베스 여왕에게 참수 당한 스코틀랜드의 메리(Mary) 여왕을 부모로 두었던 제임스 왕의 정신세계가 맬컴의 정신세계와 다르지 않다. 제임스 왕은 『자에는 자로』(*Measure for Measure*)에서 변장한 채 어두운 처마 밑에 숨어 신민들의 내면을 염탐하는 군주로 묘사된 후 여러 세대의 비평을 통해 의심에 차 '어두운 골목을 배회하는 군주'(Duke of dark corners)로 굳어버린 왕이었다. 이에 덧붙여 "악한 세력에 대항해 교묘한 책략을 쓰는"(Craft against vice I must apply)(『자에는 자로』 3.2.277) 점에 있어 제임스 왕과 『자에는 자로』의 공작, 맥베스 그리고 맬컴은 유사형이다. 따라서 시역 행위를 부추기며 맥베스 부인이 맥베스에게 하는 간언은 1606년 런던의 관객들에게 제임스 왕이 견지했던 통치술의 일면으로 쉽사리 받아들여졌을 것이다.

세상 사람들을 속이려면,
세상 사람들과 같은 표정을 지어야 해요. 영주님의 눈에, 손에, 그리고 혀에
환대를 드러내시어야 하며, 소박한 꽃처럼 보이시되,
그 아래서는 뱀이 되셔야 하옵니다. (1.5.63-6)

'위선과 기만, 은밀한 폭력과 준비된 거짓말 등은 르네상스 전 기간에 걸쳐 군주들이 지녔던 전통적인 자질이었다'(Hager, 106). 이에 비추어 맥베스는 보통의 군주일 뿐이고 그와 제임스 왕 사이의 간극은 관객들의 마음속에서 이미 메워졌을지도 모른다.

2막 3장에서 불신과 공포에 휩싸여 영국으로 피신한 맬컴은 자신을 찾아 온 맥더프의 의중을 떠보느라 이 극 중 제일 긴 장면(4.3)의 절반 이상을 인간이 생각해 낼 수 있는 온갖 불신으로 채워 놓는다.

맬컴   믿는바가 있으면 울부짖을 것이고,
아는 바가 있으면 믿을 것이오. 또한 내가 시정할
수 있는 것은, 적절한 때에 동지를 얻는 대로, 그리 할 것이오.
장군이 한 말씀은 아마도 사실일 것이오.
그 이름만 입에 올려도 혀가 부르트는 저 폭군도

한때는 충성스러운 인물로 여겨졌소. 장군도 그자를 존경하셨고,
그자는 이제껏 장군을 해치지 않고 있소. 내 비록 어리나,
날 이용하시면
장군은 그자로부터 신임을 얻을 수도 있을 것이오. 게다가
연약하고, 가련하고, 죄 없는 어린양을 바쳐
분노한 신을 달래는 것은 현명한 일이기도 하오.

맥더프   소인은 역심을 품지 아니하옵니다.

맬컴   하지만, 맥베스는 역심을 품었소.

(4.3.8-18)

앞 석 줄(8-10)은 부정어 하나 없이 부정문으로 읽어야 할 부분이다. 듣는 것들을 아무것도 믿지 않기에 울부짖을 일이 없고("What I believe, I'll wail"), 아는 바를 의심하기에 믿을 수도 없으며("What know, believe") 동지를 믿을 수가 없으니 불행에 처한 고국에 대해 속수무책인 것이다("I will"). 급기야 맬컴의 불신은 직접 맥더프에게 향하며 그를 맥베스와 동일시하는 지경에까지 이른다. 관객들은 바로 앞장에서 맥더프의 가족이 살해당하는("touch'd") 장면을 목격했기에 맥더프는 이중으로 의심을 받는 것이다. "하지만, 맥베스는 역심을 품었소."에는 누구에 의해서든 반역의 가능성이 항상 존재하고 있음과 맥베스가 맥더프로 대체될 수 있는 가능성이 함축되어 있다.

맥더프는 이 긴 탐색의 장에서 절대 군주가 지닌 체하는 덕목(4.3.91-4)들이 사실상 존재하지 않는 것이며, 그 존재하지 않는 덕목에 대한 환상만으로도 국가 체제가 유지될 수 있음을 보여준다. 반면 맬컴

이 나열하는 악행들은 그것들이 비록 꾸며진 것들이기는 하나 관객들의 뇌리에는 현실로 다가왔을 것들이었다. 맬컴이 언급하는 군주의 탐욕은 "지금까지 수많은 군왕을 시해한 검의 역할"(it hath been the sword of our slain kings)(4.3.86-7)을 이미 해왔던 것이다.

악행들이 나열되는 과정에 적법한 왕의 가면을 쓴 폭군이 왕국의 처녀들을 다 농락하는 경우까지 상정되지만 폭군이 "겉으로만 순결하게 꾸미고 백성들의 눈만 가리면 될 일"이기에 맥더프가 이를 묵과하려고 한다.

그러하오니 세자 저하의 것을 차지하시는
것으로 인해 두려워하실 필요는 없나이다.
은밀히 마음껏 향락을 누리시고
겉으로만 순결한 체 하시옵소서 – (4.3.69-72)

이윽고 귀족들에게 가장 현실적으로 다가왔던 군주의 악행, 즉 귀족들의 영지를 빼앗으려는 의도를 맬컴이 내비치자 맥더프의 인내가 한계에 다다른다("O nation miserable!")(4.3.103). 이윽고 맥더프의 진정성과 충성심을 확인한 맬컴이 자신이 나열했던 악행들이 맥더프를 시험하기 위해 꾸며 낸 것이었다고 해명을 하지만, 맥더프는 시워드 백작의 원군(134-5)을 기쁜 일로("welcome"), 군주의 악덕은 맬컴의 부인에도 불구하고 '군주들로 인한 스코틀랜드의 유혈의 역사'(3.4.74-7)를 증명하듯 불행한 일("unwelcome")로 단정해 버린다.

이렇게 기쁜 일과 기쁘지 않은 일이 동시에 닥치니,
조화시키기 쉽지 않사옵니다. (4.3.138-9)

극과 역사가 겹치는 순간을 관객들은 이미 경험한 바 있다. 뱅코우의 유령에 맞선 맥베스가, 죄의식 없이 살육이 행해지던 스코틀랜드의 유혈의 역사에 자신의 살인 행위를 빗대 살인을 일상사로 치부했던 것이다.

피는 이전에도 흘렀다. 먼 옛날,
인도적인 법률이 사회를 정화해서 문명화시키기 전부터.
그렇다. 그리고 그 이후로도 듣기에도 몸서리쳐지는
살육들이 행해졌다. (3.4.74-7)

악덕은 맥베스에게서 기인하는 것이 아니라 스코틀랜드의 역사를 통해 이미 존재하고 있었다. 맥베스의 스코틀랜드는 선악이 혼재하는 세계이며 폭군에게서 왕위를 되찾을 맬컴의 스코틀랜드도 이와 다르지 않다. 그 시작부터 "기쁜 일"과 "기쁘지 않은 일"(luxurious, avaricious, false, deceitful, malicious)(4.3.58)이 뒤섞여 있을 것이 예고되고 있는 것이다.
『맥베스』는 찬탈자 폭군의 퇴위가 정당함을 보이기 위한 극이다. 그러나 셰익스피어가 설정한 뱅코우의 선명하지 못한 언동은 맥베스가 혼자 지고 있는 찬탈자의 멍에를 가볍게 하는 동인으로 작용한다. 제임스 왕의 선조인 뱅코우는 『연대기』에서 맥베스가 왕위를 찬탈할 때 그를 돕는다. 그러나 『맥베스』에서 '왕의 충복'인 셰익스피어가 이 원전을 따라 이 둘을 공범자 관계로 설정할 수는 없다. 제임스 왕의 혈통에 오점을 남기기 때문이다. 따라서 극에서는 원전에서와 같은 역할이 뱅코우에게서 제(除)해졌다. 그러나 '왕의 충복'은 보다 은밀한 방식으로 반역 행위가 맥베스 혼자만의 죄업이 아님을 드러내고 있다. 로스와 앵거스에 의해 마녀들의 예언의 일부가 실현되는 순간에 뱅코우는 동료들에게 그 예언에 대해 함구한다. 반면 그의 방백은 시기와 기대로 차 있다("이런! 악마도 진실을 말하는가?")(1.3.107). 뱅코우는 시해가 행해진 후 시해자가 맥베스임을 누구보다 먼저 확신하지만 역시 방백으로만 이 확신을 드러내며 맥베스의 야망에 편승하는 심리를 드러내기도 한다("나는, 그대가 그것을 가지려고 최악의 부정한 짓을 했으리라 우려한다.")(3.1.2-3). 이윽고 뱅코우는 마지막 방백을 통해 맥베스의 예언이 실현된 것처럼 자신의 예언도 실현되리라는 기대를 드러내기에 이른다. 둘은 동류가 된 것이다.

그대에게 예언이 이루어진 것으로 미루어 보아,
그 예언이 나의 보증이 되지 말라는 법이 어디 있으며
내가 희망을 갖지 말라는 법이 있는가? 하지만, 쉬, 말은 그만. (3.1.8-10)

맥베스가 찬탈자의 멍에를 벗는데 맥더프도 기여하는 바 있다. 극의 말미에 설정된 맥더프와 맬컴의 관계는 극 초반의 맥베스와 던컨의 관계와 일치한다. 극의 서두에 맥베스에게 달려 있었던 왕국의 운명이 이제는 맥더프에게 맡겨졌다. 극의 전 과정이 순환될 가능성을 남긴 채 막이 내리는 것이다.

제임스 왕 자신은 이스라엘에 첫 왕이 세워지는 사건을 기록한 성경의 일화를 터무니없이 자의적으로 해석해 절대 군주권이 지탱되는 이론적 바탕이 허위로 덧칠된 것임을 스스로 드러내었다. 고대 이스라엘은 '여호와는 왕'이라는 오래된 사상으로 인해 세속의 왕을 필요로 하지 않았다. 대신 사무엘과 같은 선지자가 여호와의 대언자로 이스라엘 민족을 인도했다. 그러나 백성들이 왕 세우기를 고집하자 여호와는 사무엘을 통해 왕이 자행할 전제(專制)적 행태를 백성들에게 알림으로써 백성들의 마음을 돌이키려 했다. 왕은 '백성의 딸들과 아름다운 소년을 취하여 종으로 삼을 것이며, 양떼와 곡식과 포도원의 소산을 취할 것이기에' 피해야 할 존재였다(Samuel 8:9-20). 제임스 왕은 사무엘의 뜻과는 다르게 '사무엘이 왕의 악행을 열거하는 것은 여호와의 뜻을 거역해 백성들이 왕 세우기를 고집했으므로 여호와가 세울 왕의 법이 참을 수 없는 것이라도 백성들이 인내하고 반역의 뜻을 품지 않도록 미리 대비시키기 위한 것이었다'고 해석했다(Sommerville, 67). 전제 군주로부터 백성을 보호하고자 했던 내용의 이 에피소드를 백성들이 절대 군주의 권한을 인정해야만 하는 당위의 근거로 삼은 것이다. 제임스 왕이 다스리는 영국의 정체(政體)와 국가 권력의 행사에 결함이 있다는 것을 인정한 것이었다.

맥베스의 시의가 이 결함을 들쳐 내고 있다. 왕과 왕비의 "뇌수에 새겨진 고통"(the written troubles of the brain)(5.3.41)은 영국이 안고 있는 질병이다. 시의는 "이 병을 자신의 의술로는 고칠 수 없다"(This disease is beyond my practice)(5.1.51)고 하며 "생각하는 바는 있으나" 두려워 말을 하려 하지 않는다(I think, but dare not speak)(76). 그는 국가가 자행하는 폭력의 실상을 암시하고 있으며 폭력만한 결함은 없는 것이다. 신민들과 더불어 '왕의 충복들'이 왕의 이데올로기적 저의를 의심하기에 이르렀을 것이고 극에는 두 권력이론이 투영되었다. 『맥베스』가 찬탈 폭군의 제거와 적법한 왕에 의한 왕권의 회복을 선양(宣揚)하기 위해 쓰여졌다는 일방적 해석도 의심을 받게 되었다. 이로 인해 제임스 왕의 의도와는 상반된 극 읽기가 가능해진 것이다.

연극이 시대 경험을 비추는 거울이라는 관점에서 『맥베스』가 예외일 리 없다. 엘리자베스 여왕과 제임스 왕 치하의 억압적인 정치·종교적 상황이 어떤 형태로든 이 극 속에 용해되어 있는 것이다. 제임스 왕이 즉위한 직후 '시종장의 충복들'(Lord Chamberlain's Men)에서 '왕의 충복들'(King's Men)로 지위가 격상한 셰익스피어가 이끌었던 극단은 당연히 친(親) 왕실 입장을 취했을 것이고 따라서 왕실 내에서의 공연 횟수가 잦아졌다. 이 극단은 여왕 재임 말기 십년 동안 왕실 연회장이었던 햄튼 코트(Hampton Court)와 하이트홀(Whitehall)에서 32회의 공연을 치렀음에 반해 '왕의 충복들'로 활약했던 1603-1613년의 제임스1세 왕 대(代) 초기 10년 동안에는 같은 장소에서 무려 138회의 공연을 치를 정도였다. 이처럼 극단이 왕실과 친밀한 관계를 유지했다는 사실로 인해 『맥베스』는 제임스 왕의 절대군주 이념을 재현한 것으로 간주되어 왔다. 악한 자의 몰락을 통해 절대 군주이며 선한 제임스 왕이 부각되도록 쓰여졌다는 것이었다. 그러나 셰익스피어는 '추한 것은 깨끗한 것'인 은유를 사용하여 극 속에 상대적인 가치들, 즉 왕이 결코 즐길 수 없는 요소들, 즉 반(反)왕실적인 것들을 숨겨 놓았다. 그 외의 여러 은닉된 것들을 발견하는 즐거운 극 읽기가 독자들의 몫으로 남겨졌다. 극의 내용이 가치가 자리바꿈 하는 은유로 채워졌다는 것은 극의 겉과 내밀한 속이 상충하고 있음을 뜻한다. 은유는 극이 숨기려 하는 내밀한 속을 드러내는데 사용되는 요긴한 수단들 중의 하나인 것이다.

• 인용문헌

Bayley, John. *Shakespeare and Tradegy*. London: Routledge & Kegan Paul, 1981.

Bellamy, John. *The Tudor Law of Treason: An Introduction*. London: Routledge & Kegan Paul, 1979.

Chambers, Edmund K. *The Elizabethan Stage*. 4 vols. Oxford: Oxford UP, 1923.

Fraser, Antonia. *Faith and Treason: The History of the Gunpowder Plot*. New York: Nan A. Talese Doubleday, 1996.

Freedman, Barbara. *Staging the Gaze: Postmordernism, Psychoanalysis and Shakespearian Comedy*. Ithaca: Cornell UP, 1991.

Goldberg, Jonathan. "Speculations: *Macbeth* and source," *Shakespeare Reproduced: The Text in History & Ideology*. ed. James E. Howard & Marion F.O'connor. New York: Methuen, 1987.

Hager, Alan. *Shakespeare's Political Animal: Schema and Schemata in the Canon*. Newark: University of Delaware Press, 1990.

Huntley, Frank L. "*Macbeth* and the Background of Jesuitical Equivocation," *PMLA* 79, 1964.

Kernan, Alvin. *Shakespeare, the King's Playwright: Theater in the Stuart Court 1603-1613*. New Haven and London: Yale UP, 1995.

Kittredge, George L. *The Complete Works of Shakespeare*. Massachusetts: Xerox College Publishing, 1971.

McIlwain, H. Charles. *The Political Works of James I*. Harvard: Harvard UP, 1918.

Muir, Kenneth. ed. *Macbeth*. London: Routledge, 1995.

Mullaney, Steven. "Lying Like Truth: Riddle, Representation, and Treason in Renaissance England," *English Literary History* Vol. 47, No. 1.

Nicholl, Charles. *The Reckoning: The Murder of Christopher Marlowe*. Chicago: The University of Chicago Press, 1992.

Sinfield, Alan. "*Macbeth*: History, Ideology and Intellectuals," *New Historicism and Renaissance Drama*. ed. Richard Wilson & Richard Dutton. London: Longman, 1992.

Sommerville, Johann P. ed. *King James VI and I*: Political Writings. Cambridge: Cambridge UP, 1994.

Stallybrass, Peter. "*Macbeth* and Witchcraft," *Shakespeare's late Tragedies: A Collection of Critical Essays*. ed. Susanne L. Wofford. New Jersey: Prentice Hall, 1996.

Wills, Garry. *Witches and Jesuits: Shakespeare's Macbeth*. New York: Oxford UP, 1995.

셰익스피어 생애 및 작품 연보

셰익스피어의 생애와 작품의 집필연대 중 일부는 비교적 정확히 기록되어 있는 자료에 의존할 수 있지만, 대부분은 막연한 자료와 기록의 부족으로 그 시기를 추정할 수밖에 없으며, 특히 작품 연보의 경우 학자들에 따라 순서나 시기에 차이가 있음을 밝힌다.

1564   잉글랜드 중부 소읍 스트랫포드 어폰 에이번Stratford-upon-Avon 출생(4월 23일). 가죽 가공과 장갑 제조업 등 상공업에 종사하면서 마을 유지가 되어 1568년에는 읍장에 해당하는 직high bailiff을 지낸 경력이 있는 존 셰익스피어와, 인근 마을의 부농 출신으로 어느 정도 재산을 상속받은 메리 아든Mary Arden 사이에서 셋째로 출생. 유복한 가정의 아들로 유년시절을 보냄.

1571   마을의 문법학교Grammar School에 입학했을 것으로 추정.

1578   문법학교를 졸업했을 것으로 추정. 졸업 무렵 부친 존은 세금도 내지 못하고 집을 담보로 40파운드 빚을 냄.

1579   부친 존이 아내가 상속받은 소유지와 집을 팔 정도로 가세가 갑자기 어려워짐.

1582   18세에 부농 집안의 딸로 8년 연상인 26세의 앤 해서웨이 Anne Hathaway와 결혼(11월 27일 결혼 허가 기록).

1583   결혼 후 6개월 만에 맏딸 수잔나Susanna 탄생(5월 26일 세례 기록).

1585	아들 햄넷Hamnet과 딸 쥬디스Judith(이란성 쌍둥이) 탄생(2월 2일 세례 기록).

1585~1592 '행방불명 기간'lost years으로 알려진 8년간의 행방에 관한 자료가 거의 없음. 학교 선생, 변호사, 군인, 혹은 선원이 되었을 것으로 다양하게 추측. 대체로 쌍둥이 출생 이후 어떤 시점(1587년)에 식구들을 두고 런던으로 상경하여 극단에 참여, 지방과 런던에서 배우이자 극작가로서 경험을 쌓았을 것으로 추측.

1590~1594 1기(습작기): 주로 사극과 희극 집필.

1590~1591 초기 희극 『베로나의 두 신사』(The Two Gentlemen of Verona) 『말괄량이 길들이기』(The Taming of the Shrew)

1591 『헨리 6세 2부』(Henry VI, Part II)(공저 가능성) 『헨리 6세 3부』(Henry VI, Part III)(공저 가능성)

1592 『헨리 6세 1부』(Henry VI, Part I)(토머스 내쉬Thomas Nashe와 공저 추정) 『타이터스 안드로니커스』(Titus Andronicus)(조지 필George Peele 과 공동 집필/개작 추정)

1592~1593 『리처드 3세』(Richard III)

1592~1594 봄까지 흑사병 때문에 런던의 극장들이 폐쇄됨.

1593 「비너스와 아도니스」(Venus and Adonis)(시집)

1594 「루크리스의 능욕」(The Rape of Lucrece)(시집) 두 시집 모두 자신이 직접 인쇄 작업을 담당했던 것으로 추정

되며, 사우샘프턴 백작The third Earl of Southampton에게 헌사하는 형식.

챔벌린 극단Lord Chamberlain's Men의 배우 및 극작가, 주주로 활동.

1593~1603 및 이후 『소네트』(*Sonnets*)

1594   『실수 연발』(*The Comedy of Errors*)

1594~1595   『사랑의 헛수고』(*Love's Labour's Lost*)

1595~1600   2기(성장기): 낭만희극, 희극, 사극, 로마극 등 다양한 장르 집필.

1595~1596   『로미오와 줄리엣』(*Romeo and Juliet*)

             『리처드 2세』(*Richard II*)

             『한여름 밤의 꿈』(*A Midsummer Night's Dream*)

             『존 왕』(*King John*)

1596   아들 햄넷 사망(11세, 8월 11일 매장).

             부친의 가족 문장 사용 신청을 주도하여 허락됨(10월 20일).

1596~1597   『베니스의 상인』(*The Merchant of Venice*)

             『헨리 4세 1부』(*Henry IV, Part I*)

             스트랫포드에 뉴 플레이스 저택Great House of New Place 구입(마을에서 두 번째로 큰 저택으로 런던 생활 후 은퇴해서 죽을 때까지 그곳에 기거).

1598   벤 존슨Ben Jonson의 희곡 무대에 출연.

1598~1599   『헨리 4세 2부』(*Henry IV*, Part II)

             『헛소동』(*Much Ado About Nothing*)

             『헨리 5세』(*Henry V*)

1599	시어터 극장The Theatre에서 공연하던 셰익스피어의 극단이 땅 주인의 임대계약 연장을 거부하자 '극장'을 분해하여 템즈강 남쪽 뱅크사이드 구역으로 옮겨 글로브 극장The Globe을 짓고 이곳에서 공연. 지분을 투자하여 극장 공동 경영자가 됨.
1599~1600	『줄리어스 시저』(Julius Caesar)
	『좋으실 대로』(As You Like It)
1601~1608	3기(원숙기): 주로 4대 비극작품이 집필, 공연된 인생의 절정기
1600~1601	『햄릿』(Hamlet)
	『윈저의 즐거운 아낙네들』(The Merry Wives of Windsor)
	『십이야』(Twelfth Night)
1601	「불사조와 거북」(The Phoenix and the Turtle)(시집)
	아버지 존 사망(9월 8일 장례).
1601~1602	『트로일러스와 크레시다』(Troilus and Cressida)
1603	엘리자베스 여왕 사망(3월 24일). 추밀원이 스코틀랜드의 제임스 6세를 잉글랜드의 제임스 1세로 선포.
	제임스 1세 런던 도착(5월 7일) 후 셰익스피어 극단 명칭이 챔벌린 경의 극단에서 국왕의 후원을 받는 국왕 극단King's Men으로 격상되는 영예(5월 19일).
	제임스 1세 즉위(7월 25일).
1603~1604	『자에는 자로』(Measure for Measure)
	『오셀로』(Othello)
1605	『끝이 좋으면 모두 좋다』(All's Well That Ends Well)
	『아테네의 타이몬』(Timon of Athens)(토머스 미들턴Thomas

Middleton과 공동작업)

1605~1606	『리어 왕』(*King Lear*)
1606	『맥베스』(*Macbeth*)
	『안토니와 클레오파트라』(*Antony and Cleopatra*)
1607	딸 수잔나, 성공적인 내과의사인 존 홀John Hall과 결혼(6월 5일).
1607~1608	『페리클레스』(*Pericles*)(조지 윌킨스George Wilkins와 공동작업)
	『코리올레이너스』(*Coriolanus*)

1608~1613	제4기: 일련의 희비극 집필.
1608	셰익스피어 극장이 실내 극장인 블랙프라이어스Blackfriars 극장을 동료배우들과 함께 합자하여 임대함(8월 9일).
	어머니 메리 사망(9월 9일 장례).
1609	셰익스피어 극장이 블랙프라이어스 극장 흡수, 글로브 극장과 함께 두 개의 극장 소유.
1609~1610	『심벌린』(*Cymbeline*)
1610~1611	『겨울 이야기』(*The Winter's Tale*)
	『태풍』(*The Tempest*)
1611	고향 스트랫포드로 돌아가 은퇴 추정.
1613	『헨리 8세』(*Henry VIII*)(존 플레처John Fletcher와 공동작업설)
	『헨리 8세』 공연 도중 글로브 극장 화재로 전소됨(6월 29일).
1613~1614	『두 귀족 친척』(*The Two Noble Kinsmen*)(존 플레처와 공동작업)

1614~1616	말년: 주로 고향 스트랫포드의 뉴 플레이스 저택에서 행복하고 평온한 삶 영위.

1616	둘째 딸 쥬디스, 포도주 상인 토마스 퀴니Thomas Quiney와 결혼(2월 10일).
	쥬디스의 상속분을 퀴니가 장악하지 않도록 유언장 수정(3월 25일).
	스트랫포드에서 사망(4월 23일. 성 삼위일체 교회 내에 안장).
1623	『페리클레스』를 제외한 36편의 극작품들이 글로브 극장 시절 동료 배우 존 헤밍John Heminge과 헨리 콘델Henry Condell이 편집한 전집 초판인 제1이절판으로 출판됨.
	아내 앤 해서웨이 사망(8월 6일).

옮긴이 **김해룡(金海龍)**

부산대학교 영어영문학과를 졸업하고 Eastern Michigan University에서 영미희곡과 연극학
(Theatre Arts)으로 석사학위(M.A.)를, 부산대학교 영어영문학과에서 셰익스피어 연구로 박사학
위(Ph.D.)를 받았다. 1996년부터 한일장신대학교 인문학부 교수로 재직하다가 2015년 8월 정년
퇴임하였다.

논문으로는 「*Troilus and Cressida*: 차이를 통한 위장(僞裝)−대상관계 정신분석 이론을 중
심으로−」, 「*Measure for measure*에 나타난 대체와 단성생식(parthenogenesis)의 환상」, 「*A
Midsummer Night's Dream* 대위법−Elizabeth 왕조의 성의 위계와 권력 체계−」, 「아리스토파
네스의 '심각한 희극': 『기사들』과 『개구리』를 중심으로」, 「『구름』에 드러난 아리스토파네스의 반
지성 · 반소피즘」, 「그리스극에 드러난 애도(penthematon)의 함의」, 「크리스토퍼 말로의 '어둠의
심연': 『템버레인 대제』에 나타난 제국주의 원형」, 「『안티고네』: 떠도는 지혜와 이르지 못한 합
(습)−안티고네의 하마르티아(hamartia)에 대한 변명」, 「『일리아드(*Iliad*)의 인성(Humanities)
연구」, 「『일리아드』 속의 개작(改作)된 신화들과 그 기능들에 관한 연구」 등이 있다.

저역서로는 『그리스극의 세계』(제2집)(공저), 아리스토파네스, 『개구리』(역서), 『지구화시대
제3세계의 문학 · 종교 · 사회』(공저), 『영국 르네상스 드라마의 세계 | 튜더왕조 편』(공저), 『한일
인문교양고전 해설서 I』(공저) 등이 있다.

맥베스

초판 발행일 2016년 10월 30일

옮긴이 김해룡
발행인 이성모
발행처 도서출판 동인
주 소 서울시 종로구 혜화로3길 5 118호
등 록 제1-1599호
TEL   (02) 765-7145 / FAX (02) 765-7165
E-mail dongin60@chol.com
ISBN 978-89-5506-733-0
정 가 11,000원

※ 잘못 만들어진 책은 바꿔 드립니다.